dtv

»Mein lieber Zhi! Ich schreibe Dir, weil ich glaube, daß wir uns wahrscheinlich nicht mehr wiedersehen werden. Du kannst Dir nicht vorstellen, wo ich hier gerade bin. Wir sind heute früh in Rotterdam in einen LKW eingestiegen. Vorn stapeln sich Hunderte von Tomatenkisten, hinten sind wir. Sie haben uns die Pässe weggenommen, dann haben wir noch ein paar Schokoriegel gekriegt und Mineralwasser. Frag Dich besser nicht, wie wir ohne Toilette auskommen. Es gibt eine Lüftung, aber die funktioniert nicht. Noch bin ich klar im Kopf – klar genug, um zu wissen, daß ich durchhalten muß. Man muß sich einfach so wenig wie möglich bewegen und nicht sprechen, dann hält die Luft länger...« – Eine Gruppe junger Chinesen versucht, illegal nach England einzureisen. Wird ihnen ihre Sehnsucht nach Freiheit und einem selbstbestimmten Leben zum Verhängnis?

Maxim Biller, geboren 1960 in Prag, lebt seit 1970 in Deutschland. Von ihm sind außerdem erschienen: die Erzählbände ›Wenn ich einmal reich und tot bin‹ (1990), ›Land der Väter und Verräter‹ (1994) und ›Harlem Holocaust‹ (1998), die Essaysammlungen ›Die Tempojahre‹ (1991) und ›Deutschbuch‹ (2001) sowie der Roman ›Die Tochter‹ (2000). Er wurde mit dem Tukan-Preis der Stadt München (1994), dem Preis des Europäischen Feuilletons (1996), dem Otto-Stoessl-Preis (1996) und dem Theodor-Wolff-Preis (1999) ausgezeichnet.

Maxim Biller

Kühltransport

Ein Drama

Deutscher Taschenbuch Verlag

Originalausgabe
November 2001

www.dtv.de
Umschlagkonzept: Balk & Brumshagen
Umschlagfoto: © gettyone Bavaria/FPG
Satz: Fotosatz Reinhard Amann, Aichstetten
Gesetzt aus der Stempel Garamond 10/12' (QuarkXPress)
Druck und Bindung: Druckerei C. H. Beck,
Nördlingen
Gedruckt auf säurefreiem, chlorfrei gebleichtem Papier
Printed in Germany · ISBN 3-423-12920-4

Für Thomas Ostermeier

Personen

Im Container

CHENG, Medizinstudent
KHAI, Künstler
LU, will Flugzeugingenieur werden
WANG, Dieb und Schwarzmarkthändler
und
weitere illegale chinesische Einwanderer

In London

DAO, Wangs Ziehvater und Cousin von Wangs Vater
LING, Daos Sohn und Geliebter von Khai
SHUO, Bruder von Lu
alle drei Mitglieder der Shetou, der Schlangenkopf-Mafia
TANG MEIWA, Anwalt chinesischer Abstammung

In Kiang

WU, Freundin von Cheng

In Rotterdam

FRANK REIZIGER, Student und Besitzer der Spedition Reiziger
FRAU REIZIGER, seine Mutter
YUN, Mitglied der Schlangenkopf-Mafia

In Dover

FREDERICK KALMAN, Vorsitzender des Landgerichts, floh vor dem Krieg als Jude aus Deutschland
KEITH ARMBRUSTER, Leichenbeschauer
GERICHTSSEKRETÄRIN
Zuschauer im Sitzungssaal des Landgerichts

Außerdem

IAN SIMMONS, britischer Innenminister
JANET MULLER, seine Geliebte
Mitarbeiter der Grafschaftspolizei
Zwei englische Zollbeamte

»Die Menschen ändern die Zeiten, und wenn die Zeiten anders werden, werden auch die Menschen anders sein.«

Monsieur Qin

1. Szene

Es ist dunkel. Man hört das leise Surren einer Klimaanlage. Sie wird lauter, dann leiser, geht ganz aus, springt wieder an. So geht es hin und her. Schließlich läuft sie normal. Für einen Moment öffnet sich irgendwo ein Lichtspalt, man sieht die Umrisse einer großen Gruppe von Menschen, die dicht gedrängt um einen Plastikeimer herumstehen oder auf dem Boden sitzen. Jeder trägt mehrere Hosen, Hemden und Pullover übereinander. Sie befinden sich in einem Lastwagencontainer, der außer ihnen Hunderte blauer Plastikkisten mit Tomaten geladen hat. Der Lichtspalt geht zu, man hört ein lautes Knallen, und es wird wieder dunkel. Im Lauf der Zeit wird es im Container allmählich heller, wie in einem nächtlichen Zimmer, an dessen Dunkelheit wir uns langsam gewöhnen. Die handelnden Personen sind immer viel besser zu sehen als der Rest der Gruppe.

LU O Gott …

WANG *seufzt* O Mann!

LU Echt … super.

WANG Ja, super.

LU Ich hab's euch gesagt.

KHAI *singt* I am he as you are we and we are me and we are all together …

LU Meine Mutter hat solche Ideen …

WANG Du wirst noch froh sein.

LU Ich bin jetzt schon froh. Siehst du, wie froh ich bin? Ich kann auch tanzen, damit du mir glaubst, wie froh ich bin.

KHAI *singt* Happiness is a warm gun...

CHENG Und was ist, wenn alles schiefläuft? Dann bist du froh, daß du was hast.

LU Nichts läuft schief... Ich hab' den Vertrag gesehen. Da steht alles drin. Wer einen Vertrag hat, der hat... der... der hat es praktisch schon geschafft.

WANG Praktisch schon geschafft... Hm... Klar. Natürlich...

LU Wieso denn nicht?

WANG *laut* Praktisch schon geschafft?! Dann red' mal mit dem Cousin von meinem Papa aus Gingxi! Die haben das erste halbe Jahr die Reste vom Abend zum Essen gekriegt, und schlafen mußten sie im Speisesaal. Und wenn sie ihr Geld wollten... ja... ja... kamen die Shetou-Leute vorbei, und es gab eine aufs Maul. Ich will keine aufs Maul! Ich... ich nicht. Ich nicht!

CHENG Schrei nicht! Du versaust uns noch alles.

LU Der hatte eben einen Scheißvertrag, dieser Cousin.

CHENG Hast du keinen Scheißvertrag?

LU Mein Bruder macht keine Scheißverträge. Der war acht Jahre in Japan. Der weiß Bescheid.

KHAI *singt* Two of us riding nowhere, spending someones hard earned pay, you and me...

WANG Mann, hör auf! Hör auf!

LU Weißt du was, Wang? Ich schenk sie dir. Meine Hemden, meine Pullover... meine T-Shirts. Ich kann den Plunder nicht mehr sehen. Vietnamesenplunder! Ich brauch' das alles nicht mehr. *Fängt an, sich die Kleider auszuziehen. Weil er zu wenig Platz hat, verheddert er sich immer wieder in Ärmeln und Hosenbeinen.* Was für eine beschissene Hitze... Jetzt hilf mir doch!

WANG Ich will deinen Plunder nicht. Ich hab' meinen eigenen Plunder.

LU Hast du nicht! Alles von Pucci... Siehst du?

WANG Was ist denn Pucci? Was ist das für ein Scheiß? Pucci, Mann, Pucci, das gibt's doch überhaupt nicht ...

LU *macht seine Taschenlampe an* Wieso denn nicht? Hier, da kannst du's lesen: Pucci. Siehst du? Siehst du?!

Er hält Wang ein rotes Polohemd dicht vors Gesicht, dann einen dunkelblauen Pullover, dann eine braune Strickjacke. Wang macht auch seine Taschenlampe an. Er stößt ihn zurück, sie fangen an sich zu balgen. Die anderen Gestalten im Container treten stumm zur Seite.

CHENG Junge Hunde sind klüger als ihr ... Das hört man doch alles ... Mann, Mann, Mann, Mann ... Mann! Der kriegt noch Panik und schmeißt uns raus ...

Lu und Wang hören auf, sich zu balgen.

WANG Wau, wau-wau ...

LU *zögerlich* Wau ...

Lu und Wang bellen und jaulen. Plötzlich springt der Motor des Lastwagens an. Sie hören sofort auf.

CHENG Die Taschenlampen.

Lu und Wang machen die Taschenlampen aus.

KHAI Aha ... aha ... *fängt unentschlossen an zu singen und hört gleich wieder auf* I was alone, I took a ride ... I didn't know what I would find there ...

CHENG Gott, ihr nervt mich so. Ihr nervt mich ja so ... Seit Monaten ... Ihr hört überhaupt nicht mehr auf, mich zu nerven.

KHAI Aha. Aha ...

Lu und Wang bellen wieder leise, fangen dann an zu lachen, Khai lacht auch, und schließlich auch Cheng.

2. Szene

Cheng sitzt in seinem ärmlichen Zimmer in Fujian. An den Wänden Poster von chinesischen und westlichen Popstars, Nintendo-Poster, Fotos aus Modezeitschriften, auf dem Fensterbrett eine rosafarbene Elvis-Figur. Cheng liegt auf seinem Bett und telefoniert. Seine Hose ist halb geöffnet. Eine Hand hält er im Schritt.

CHENG *am Telefon* Nein ... nein. Warum denn? Keine Ahnung ... Sie reden seit Tagen nicht mit mir. Nein, sie schon, aber nur, wenn er nicht da ist ... Das ist wie ... das ist wie ... wenn man langsam erfriert. Nein ... *lacht* Ich bin noch nie erfroren. Aber es ist bestimmt so. Man kann sich nicht bewegen, von außen kommt diese schreckliche Kälte, und drinnen wird es immer heißer ... Hab' ich nicht gesehen. Glaub' ich, ich weiß nicht, ich war seit Monaten nicht im Kino. Im Fernsehen? Im Fernsehen?! Dann sagt er's halt auch ... *Cheng schweigt länger, beginnt dabei zu lächeln.* Ja, ich weiß ... Und welche Farbe? Ja ... Und dann? So schnell? Du spinnst. Du spinnst ... *seufzt und setzt sich auf* Wu, bitte, das geht jetzt nicht. Doch, wenn ich will! Können wir das andere zu Ende besprechen? Jetzt. Ja. Jetzt ... Danke ... Wenn meine das Geld haben, dann haben deine es auch. Nein, natürlich weiß ich nicht, woher. Was? Ja ... Es war seine Idee ... Er kann mich nicht mehr sehen, sagt sie ... Ja. Ist doch gut ... Jetzt sei doch still. Sei still! Man muß nicht alles auf einmal zurückzahlen. *Mit tiefer Humphrey-Bogart-Stimme* Den Rest gibst du mir später, Baby, Chicago liebt dich ... *lacht über den eigenen Witz, spricht dann wieder normal* Sag mir, wer noch nicht weg ist ... Zweitausend Dollar, mehr nicht für den Anfang. Haben sie bestimmt. Ja, bestimmt. Sag ihnen, daß du es für sie tun willst, daß du ihnen ein Haus bauen wirst. Daß sie dich immer besuchen können ... Keine Ahnung ... Ich ... Aber ... aber ... Ich mach' das, so oder so. Ich kann jetzt nicht mehr nein sagen. Wie soll ich das machen? Das wär' die Hölle ... Er ist ein Irrer. Ja. Mit meinem Großvater hat er zwanzig Jahre nicht geredet. Doch. Doch ... Bei uns zu Hause. Er kam morgens in die Küche, und kein Wort. Sie fuhren zusammen in die Stadt – kein Wort. Der hat ja nicht mal an die Tür geklopft, wenn der Alte die Toilette blockierte. *Lacht* Er stand stumm davor, und ich hab' gehofft, ich seh', wie er sich in die Hose macht ... Nein. *Hört lange zu.* Doch, würde ich tun, für dich ja ... Du hast keine ... nein ... keine Ahnung. Sollen ihm die Shetou das Geld wieder zurückgeben? *Spricht in aufgesetzt freundlichem Ton* Ja, natürlich, Herr Deng, kein Problem, Ihr Sohn hat es sich anders überlegt, wegen der Freundin, die kann nicht, haha, tut uns leid, umsonst können wir die nicht reisen lassen, aber bitte, wie es Ihnen recht ist, und hier haben Sie noch ein bißchen mehr zurück, als Zins sozusagen, als Belohnung, daß Sie so liebenswürdig waren, uns unsere Zeit zu stehlen. Ja, wir melden uns bei Ihnen, wenn wir mal wieder zuviel Zeit haben, wenn wir Zeit übrig haben, von der wir etwas an Ihre Familie abgeben wollen, selbstverständlich, ja, danke, vielen Dank, und auch alles Gute, aber vielleicht sollten Sie doch keine Geschäfte mehr mit uns machen, weil ... *plötzlich aggressiv, bedrohlich* ... weil ... weil wir dann Ihnen und Ihrem Sohn alle Knochen brechen werden, weil so ein Kindergarten ist nichts für uns, haben Sie verstanden, Herr Deng?! *Pause.* Dann weiß ich auch nicht. Dann kommst du später nach. Oder ich komm' zurück. Ein paar Jahre ... Nein! Ich würde nicht mal bleiben, wenn ich könnte ... *Pause.* Weil es geil ist. Weil ... weil ... Kannst du's dir nicht vorstellen? Ich kann mir doch auch Sachen vorstellen. Okay… okay. Klar kann man das vergleichen, alles kann man vergleichen. Nein, zuerst ich, dann du. Nein … nein … Stell dir eine große Straße vor, ja, mit alten Bäumen, und überall Parkbänke, und es ist schon halb dunkel, und man sieht Geschäfte… Alles leuchtet, und über der Straße hängen auch so Leuchtdinger… Wie nennt man die … nein, keine Lampions … so Straßenbeleuchtung eben, Sterne und Tiere und so Zeichentrickfiguren. Und wir fahren mit dem Auto, langsam, ganz langsam. Es ist ein großes schwarzes Taxi, es ist so groß, daß wir den Fahrer beim Bezahlen kaum verstehen können, weil er von uns so weit weg sitzt. Wir sind bestimmt eine Stunde lang gefahren, und die Straße hat einfach nicht aufgehört, es ging immer weiter, Läden, ein Laden nach dem andern, und diese alten Bäume mit Ästen fast auf dem Boden, und die vielen Lichter und Menschen in der Dunkelheit. Ja … ja … und jetzt wollen wir zu Fuß weiter. Ja … ja … Hör zu … Wir laufen langsam weiter, und manchmal bleib' ich stehen, und du merkst das nicht, und nach ein paar Schritten drehst du dich um, und ich sehe dich an, wie du dich umdrehst, und dein Mantel weht im Wind, in der Drehung, und du ziehst dabei an deiner Zigarette. Du hast deine Sonnenbrille in den Haaren, dein Mund ist rot, du bist ernst, sehr ernst, und dann gehen wir weiter, immer weiter… Bis zu der roten Pagode … Ja, mein Schätzchen, eine kleine lächerliche rote Pagode für die Touristen in der Gerrard Street … da, wo sich alle treffen … hast du nie von ihr gehört? Ich zeig' sie dir dann, ja. Ich will, daß du dich dort hinstellst, und du legst deinen Kopf zurück, du lehnst dich zurück, und wir küssen uns. Vorher nicht? Doch … Wie? Die ganze Zeit nicht? Bis wir da sind? Bitte Wu, du bist ja … das ist kindisch … ja … Wirklich? Wirklich? Das war nur ein Witz? Und wie willst du sie überreden? Okay… *Schweigt.* Du bist jetzt dran. Ja … *Schließt die*

Augen, macht sie auf, schließt sie wieder und legt sich auf den Bauch. Du spinnst … *Hört lange stumm und reglos zu.*

3. Szene

Im Lastwagencontainer. Die Klimaanlage läuft unregelmäßig. Wir hören ab und zu den LKW-Motor aufheulen. Cheng und Khai stehen oder sitzen mit dem Rücken zu uns. Wang und Lu flüstern, vergessen sich aber immer wieder und werden lauter.

WANG Wieviel war's denn?
LU Nicht so viel.
WANG Und wieviel hast du noch?
LU Nicht so viel …
WANG Hör auf mit dem Scheiß, Mann!
LU Hör auf mit dem Scheiß, Mann …
WANG Was soll denn das?
LU Das ist kein Scheiß – Mann!
WANG Nicht so viel, nicht so viel, nicht so viel … Ich hör' immer nur ›nicht so viel‹ … Wieviel?!
LU Was mußt'n du das wissen?
WANG Ich muß doch sonst immer alles wissen, mein Kleiner. Schon vergessen? Jeden Tag eine andere Geschichte … Lus traurige Gute-Nacht-Geschichten … Papa, heute war ich spazieren, und plötzlich zog es in meinem Bein, und jetzt ist mein Knie so dick wie ein Kohlkopf, was soll ich machen? Papa, heute hab' ich zu Hause angerufen, und sie sagen, mein kleines Hündchen will gar nichts mehr fressen, seit ich weg bin, was soll ich machen? Papa, jetzt sind wir

schon so lange unterwegs, ich weiß morgens gar nicht mehr, wo ich bin, was soll ich machen? Papa, ich will nicht schon wieder für sie arbeiten, wir sind erst seit gestern in Bratislava, und ich mußte heute den ganzen Tag diese alte Frau herumtragen und füttern und waschen. Papa, ich will das nicht mehr. Papa, das stand nicht im Vertrag. Papa, was soll ich machen?

Lu schweigt. Wang nimmt einen Schluck aus seiner großen Plastik-Wasserflasche, die nur noch halb voll ist. Er hält die Flasche hoch, leuchtet sie mit seiner Taschenlampe an und betrachtet sie prüfend. Er schüttelt den Kopf.

WANG Mann, echt, Superorganisation. Erst pinkeln, wenn man alles ausgetrunken hat. Raus aus der Flasche, rein in die Flasche. Und was trinkt man dann? Sein Scheißpipi, was? Was, Lu? Wirst du dann auch dein Pipi trinken, wenn das Wasser alle ist? Oder machst du dein Pipi in die Ecke wie dein Hündchen? *Lacht* Nein ... Hündchen macht Pipi ins Eckchen, Herrchen macht Pipi ins Fläschchen. Und? Paßt dein Pipi ins Fläschchen überhaupt? Wau, wau-wau, wau ... Und was ist mit dem Kacki vom Herrchen? Wau ... wau ... *Pause.* Wenn die selbst hier drin wären ... das will ich sehen, das will ich wirklich sehen.

LU *nach einer Pause, leise* Fast achthundert Dollar ...

Wang reagiert nicht.

LU Achthundert ...

Wang reagiert noch immer nicht.

LU Hast du gehört?

WANG Auf einmal?

LU Die Dollars, ja.

WANG Wie ... was denn noch?

LU Rubel. Und Kronen. Tschechische. *Pause.* Und holländisches Geld. Hundertdreißig Gulden. Davon wußten sie nichts. Keiner wußte was davon. Das war total geheim. Die habe ich geklaut, in Groningen. *Lacht* Hab' ich echt geklaut. Weißt du, als wir fertig waren auf dem Markt, und ihr habt noch aufgeräumt und die Sachen weggetragen. Neben uns war dieser Stand, mit Schokoladenfrüchten, und die haben dort alle diesen heißen Wein getrunken. Ich wollte auch was, weil mir so kalt war, aber ich hatte kein holländisches Geld. Wie so ein beschissener Leibeigener, echt. Ich schlich da rum und hatte kein Geld, dabei hatten wir doch wieder den ganzen Tag geschuftet ... Mann, war mir kalt. Nicht so wie jetzt ... Dir war doch auch kalt. Allen war kalt in diesen idiotischen Plastikjacken ... Und ich hab' dann immer geschaut, ob noch irgendwo was drin ist. Bin so herumgegangen, und hab' in die Plastikbecher hineingeguckt, und wenn was drin war, hab' ich's schnell runtergekippt.

WANG Hab' ich auch gemacht.

LU Hab' ich nicht gesehen.

WANG Ich hab' dich auch nicht gesehen.

LU Und dann ... dann ... dann seh' ich das Geld. Es liegt einfach da. Auf dem Tisch ... Einfach so. Als wär's für mich, als hätte es einer für mich hingelegt. Genau für mich. Einfach so. *Pause.* Papa ...

WANG *ironisch-freundlich* Ja, mein Baby ...

LU Papa ... Es lag nicht auf dem Tisch ... Da war so ein junges Mädchen, so alt wie wir, und wir haben zuerst geredet. Mann, war die häßlich! Die hat bestimmt nur deshalb mit mir geredet. Von den andern Leuten hat keiner mit ihr geredet. Sie war allein da, hat eine nach der andern geraucht, und betrunken war sie. Wir haben zusammen geraucht, und sie hat mir diesen heißen Wein gekauft, und dann sagte sie, ich soll sie am Abend besuchen und mich bei ihr aufwärmen, wenn mir so kalt ist. Ich hab' kein Wort gesagt. Ich hab' so getan, als ob ich könnte, wenn ich wollte, als wär's überhaupt kein Problem. Und dann mußte ich ihre Handtasche halten, als sie mir ihre Adresse aufgeschrieben hat ... Das war überhaupt kein Problem.

WANG Sag mal – wie häßlich?

LU Wie ein Äffchen. Ihre Augenbrauen und Haare waren fast zusammengewachsen, und auf den Oberarmen hatte sie auch Haare. Und dann hatte sie so eine große Falte, die ging wie ein Halbmond über ihr ganzes Gesicht, um den Mund rum.

WANG Mann, bist du dumm …

LU Ich hätt's doch gemacht … Das war mir so egal, wie die aussah. Ich dachte, ich sag' ihr, ich hätte am Nachmittag Zeit, ich könnte mich am Nachmittag bei ihr aufwärmen und überhaupt und tralala. Aber dann tauchten Cao und der Widerling aus Rotterdam auf. Das war dann gleich wieder ›los-los‹ und ›schnell-schnell‹. Ich hab' sie dann nochmal aus dem Bus gesehen, da hat sie schon mit einem andern dagestanden.

WANG Übel, übel, mein Baby … War das an dem Tag?

LU Am Abend hatte ich's noch. Da war das andere Geld schon weg. Ich hab's mir nachts in die Unterhose gesteckt, das war so lächerlich … Und am nächsten Morgen war's weg. Buumm … Einfach weg.

WANG *atmet schwer ein und aus* Du weißt, was das heißt?

LU *fragend* Ja?

WANG Ja …

LU Gott im Himmel! Echt wahr … Mann, ist mir komisch …

WANG Und wer?

LU *Pause* Du? *Lacht* Ist dir auch so komisch?

Wang antwortet nicht, grinst.

LU Sei mal kurz still. *Sie hören auf das ständig an- und ausgehende Rauschen der Lüftung.* Läuft. Läuft doch, oder? Was für eine Hitze … Für Mai, hat er gemeint, ist es viel zu heiß. *Pause* Was hat er gesagt, wie lange macht er die aus?

WANG Zwei, drei Stunden, mehr nicht. Höchstens. Aber jetzt noch nicht, erst in Dover. In Belgien, hat er gesagt, das sind alles Penner. Wir könnten nackt durch den Hafen laufen und keiner würde was merken.

LU Okay… Okay, okay… Ich glaub'… *wieder leise*… Khai.

WANG Nie!

LU Doch. Der tut immer nur so. Unsere kleine Träumerin… So ein Engelchen… Und hast du mal geguckt, wie glatt seine Wangen sind? Wie bei einem Mädchen.

WANG Nie… nie… Das kannst du vergessen. Der ist so. Der ist echt so. Der hat nicht einen schlechten Gedanken.

LU Dann eben Cheng. Sonst kam doch keiner rein bei uns. Wir kamen nicht raus, und niemand kam rein. Ich schwör's dir. Cheng – genau. Solche Typen wie der, du weißt schon: Streng… sehr streng. Immer muß alles richtig sein. Aber am Ende ist bei denen immer alles genau andersrum. Unser Chemielehrer war so. Immer korrekt, immer gerecht, und dann hat er seine Frau verprügelt, in der Schule. Sie hat ihn abgeholt, ich hab' das gesehen, sie hat ihn abgeholt, und dann gingen sie ein Stück, und plötzlich schmeißt er sein Fahrrad hin und schlägt sie zusammen. Der hat sie noch getreten, als sie am Boden lag. Ins Gesicht. Wie geht das? Ein Gesicht ist doch ein Gesicht… ein Gesicht… *Für einen Moment klingt es so, als würde Lu weinen.*

WANG Wir sind so dumm…

LU Wieso denn?

WANG Weißt du noch, wie Cao, diese Hühnerfotze, einmal bei uns abends reinkam? Der kommt doch sonst nie. Der kommt doch immer nur morgens zum Wecken – wenn's weitergeht oder wenn wir Arbeit haben. Was hat der da gemacht, um elf Uhr abends, sag mir mal, was hat er da gemacht, mit seinem Scheißsklavenhändlerschlüssel in der Hand?

LU Hat gedacht, daß wir schlafen.

WANG Genau.

LU Hat echt gedacht, daß wir schlafen… Schwein. Wir arbeiten sowieso schon für ihn wie die Tiere. Und von meinem Bruder haben er und Herr Giung auch noch so viel gekriegt ... Schwein! *Wang grunzt.*

LU Egal. *Trinkt die Wasserflasche aus* Egal ... Jetzt habe ich nichts mehr. *Pause.* Papa ... Wie wird man die los? Werden wir die los, wenn wir da sind?

WANG *zögerlich* Weiß ich nicht ...

LU Und was ist mit diesem Cousin von dir?

WANG Weiß ich nicht. Weiß ich doch nicht! Frag Khai ...

LU Wieso Khai? Was weiß der denn? Khai, das Mädchen? Der weiß doch nichts. Der träumt ... Hey, Wang, schon vergessen?

WANG *schweigt* Gib mir mal deine Flasche.

LU Ist leer.

WANG Gib mir die Flasche! Ich muß mal. Jetzt gib schon ...

4. Szene

Im Lastwagencontainer. Die Lüftung läuft laut und unregelmäßig, dazu der LKW-Motor. Es ist dunkel, keine der Gestalten wird durch besondere Beleuchtung hervorgehoben. Alle schweigen. Der Motor geht aus, an, wieder aus. Die Lüftung geht auch aus. Totenstille. Draußen Hundegebell. Es kommt näher, ist ganz nah. Man hört das Entriegeln der Ladetür, ein Lichtspalt öffnet sich. Wir sehen nur die Tomatenkisten, die Menschen im Container bleiben weiterhin fast unsichtbar. Irgendwo draußen läuft Techno. Die Musik wird immer lauter. Man hört Schritte auf dem Dach des Containers, dann das schnelle Trippeln von Hundepfoten. Gleichzeitig schiebt sich von der Seite eine Infrarotkamera an einem Teleskoparm in den Container, dreht sich langsam, verhakt sich an einer der Kisten. Nach längerem Rütteln bekommt der Unsichtbare, der sie bewegt, die Kamera frei. Er versucht, sie in die Richtung zu schwenken, wo Cheng und die anderen stehen, bleibt damit aber gleich wieder an einer der Tomatenkisten hängen. Man hört das hektische Surren des Schwenkmechanismus. Die Musik wird noch lauter. Von der Seite wird an dem Kameraarm gezerrt, ohne Erfolg. Die Kamera rutscht zwischen zwei Kisten, der Kameraarm bewegt sich nicht mehr. Jemand beginnt auf dem Dach des Containers im Takt der Musik zu trampeln. Dazu Hundegebell, das immer wilder wird, bald aber ganz verstummt, so als hätte der Hund es aufgegeben, sein Herrchen auf die menschliche Fracht im Container aufmerksam machen zu wollen. Die Musik wird leiser und allmählich von einem andern Stück überlagert; draußen findet offenbar ein Techno-Umzug statt. Nachdem der letzte der sieben, acht Wagen vorbeigezogen ist, hört man, daß von oben im Takt der immer leiser werdenden Musik auf das Dach des Containers geklopft wird. Schließlich verstummt die Musik in der Ferne, das Klopfen geht aber noch eine Weile weiter. Es rumpelt, und man hört gar nichts mehr – nur leise, fast unmerklich, die unruhigen Atemgeräusche der Eingeschlossenen, die man bis dahin noch gar nicht wahrgenommen hatte. Nach ein paar weiteren Augenblicken rumpelt es wieder, die Kamera wird mit einem heftigen, fast gewaltsamen Ruck aus dem Container herausgezogen, man hört einen lauten Knall und das Einschnappen eines Riegels. Der Lichtspalt schließt sich. Die Atemgeräusche im Container werden lauter und unruhiger. Später, obwohl immer noch laut, klingen sie ruhiger und gleichmäßiger – fast wie ein Chor. Der LKW-Motor springt an, die Menschen im Container werden hin und her geworfen, kurz darauf geht der Motor wieder aus. Der Container beginnt nahezu unsichtbar zu schaukeln. Dazu wieder das Atmen der Menschen.

5. Szene

In Tang Meiwas Anwaltskanzlei in London. Bei ihm Dao, der fünfzig- bis sechzigjährige Cousin von Wangs Vater, mit seinem Sohn Ling, der etwa so alt ist wie Wang und wie Tang. Der Anwalt sitzt auf dem Fensterbrett, die beiden anderen auf Stühlen vor seinem Schreibtisch. Um mit ihm zu reden, müssen sie die Köpfe nach hinten drehen.

TANG Niemand kann Sie zwingen … Ich kann Sie nicht zwingen …

DAO Nein. Nein …

TANG Nein …

DAO Nein.

TANG Es sind so viele, die nie gefunden werden. Niemand bekommt etwas mit. Ich weiß, wie's läuft. Sie werden verbrannt und dann in den Fluß gekippt. Manchmal landen sie auf der Müllkippe.

Dao schweigt verbissen und rührt sich nicht. Ling rutscht auf dem Stuhl hin und her.

TANG Unsere Leute machen das. *Zündet sich eine Zigarette an* Unsere Leute … Wahrscheinlich haben die Weißen doch recht. Das ist bei uns eben so. Wir sind wie Käfer. Trittst du einen tot, krabbeln unter deinem Schuh zehn andere hervor.

DAO Das war immer so, Herr Meiwa.

TANG Aber hier ist das nicht so, verstehen Sie? Hier haben die Menschen Rechte. Hier ist ein Mensch kein Käfer. Man macht sich Gedanken über den Menschen. Über jeden einzelnen.

Dao lächelt fast unsichtbar.

TANG Ich habe Ihr Lächeln gesehen, Herr Dao. Hören Sie mir auf mit Ihrem Lächeln! Hört mir alle auf damit … Dieses verfluchte Asiatenlächeln ... *Springt von der Fensterbank herunter und beugt sich zu Dao vor* Ich hab's mir abgewöhnt. Ich mach' das nicht mehr ... Ich lächle nur noch, wenn ich wirklich lächeln will, verstehen Sie? Das ist besser, das ist viel besser ...

Dao hört auf zu lächeln. Tang geht um den Schreibtisch herum, sucht in den Schubladen nach etwas. Endlich findet er eine zerknitterte Zigarettenschachtel. Er nimmt die letzte Zigarette heraus, zündet sie an. Er schmeißt die Schachtel auf den Tisch und setzt sich wieder auf die Fensterbank. Dao und Ling folgen ihm die ganze Zeit fast synchron mit den Köpfen.

TANG *wieder höflich und ruhig* Und die, die durchkommen – denen geht es auch nicht besser. Sie wissen sicher, wovon ich spreche, Herr Dao.

DAO *nickt* Ja, ich weiß.

TANG Und?

DAO Wir können nicht helfen.

LING Vater ...

DAO Nein.

TANG Ihrem Neffen können Sie nicht mehr helfen. Aber den andern, die jeden Tag nachkommen.

DAO Nein. Das ändert sich nicht. Das wird nie anders. Fragen Sie Ihre Engländer, Herr Anwalt, warum es nie anders wird.

TANG Aber genau darum geht es doch. Wir brauchen die Namen. Wir brauchen die Namen von jedem einzelnen. Nur wenn sie Namen haben, bekommen sie ein Gesicht. Das geht dann wie von selbst. Name, Gesicht, Geschichte. Eine Geschichte kann man nur erzählen, wenn man einen Namen hat. Man liebt traurige Geschichten in diesem Land, Herr Dao. Die Menschen weinen, wenn sie solche Geschichten in den Zeitungen lesen. Und wenn die Menschen weinen, weinen auch die Politiker. So ist das hier.

LING Was soll denn das ändern?

TANG Andere Gesetze ... Bessere Gesetze. Gar keine Gesetze mehr ... Vielleicht.

Vater und Sohn lächeln.

TANG Es ist alles ganz einfach. Wir setzen uns jetzt in mein Auto und fahren ganz schnell rüber zum Krankenhaus. Eine Sekunde. Sie schauen eine Sekunde hin, und schon haben Sie es hinter sich.

DAO Muß ich etwas unterschreiben?

Tang antwortet lange nicht, springt vom Fensterbrett, läuft durch den Raum, öffnet Schränke und Schubladen, bis er eine Kiste mit Zigarillos findet. Er steckt sich einen Zigarillo an, besinnt sich, bietet den beiden anderen auch einen an. Alle drei rauchen.

TANG *nervös* Natürlich müssen Sie etwas unterschreiben!

DAO Nein.

TANG Nein?

DAO Nein. Verzeihen Sie.

LING Ich könnte unterschreiben ...

DAO Nein!

TANG Warum nicht? Sie kannten ihn doch auch ...

LING Als Kind. Wiedererkennen würde ich ihn nicht.

TANG Doch, doch. Doch ...

DAO Er unterschreibt nicht. Er ist nächsten Monat beim Richter. Er hat gute Chancen. Dann kann er für immer hierbleiben. Wie ein Mensch ... nicht wie ein Käfer.

TANG Haben Sie auch Asyl beantragt?

Dao antwortet nicht.

TANG Also kein Asyl beantragt ... Papiere?

DAO *Pause* Ich bin gar nicht hier. Ich bin nie hier gewesen, Herr Meiwa.

TANG Aber Sie leben doch ... Wovon leben Sie? *Er mustert Dao von oben bis unten. Dao ist nicht teuer, aber gepflegt angezogen: Anzug, Krawatte, schwarze Budapester. Ein wenig sieht er aus wie aus einem alten Gangsterfilm.* Sie haben schöne Schuhe, Herr Dao. *Tang blickt zu Ling herüber. Jetzt erst fällt uns auf, daß Lings Äußeres – enge Jeans, kariertes Hemd, helle Carhartt-Stiefel, Schnurrbart – das eines Homosexuellen ist.* Sie auch, Ling ... tolle Schuhe ... *Wieder zu Dao* Ihr Neffe Wang hatte auch schöne Sachen an. Natürlich waren sie nicht so schön wie Ihre Sachen, aber das wäre noch gekommen. Ja, Ihnen geht es schon richtig gut hier ... gut, sehr gut.

DAO Entschuldigen Sie ... es war schwer am Anfang.

TANG *Pause* Nein, ich muß mich entschuldigen. Entschuldigen Sie ... *Pause.* Wo waren Sie zuerst? Wo ... Die normale Chinatown-Tour? Oder hat man sie weggeschickt, auf eine von diesen deprimierenden Schaf-Farmen?

DAO *Pause* Ich möchte ein Foto sehen. Gibt es Fotos?

Tang nimmt von einem hohen Papierstapel auf seinem Schreibtisch einen Umschlag herunter, versucht ihn zu öffnen. Dabei bekommt er Rauch in die Augen. Er ist kurz unachtsam, und aus dem Umschlag fällt ein Stoß Fotos auf den Boden. Während er sie aufsammelt, sehen Dao und Ling ihm reglos zu und ziehen an ihren Zigarillos. Tang reicht Dao die Fotos. Dao blättert sie emotionslos durch. Drei-, viermal hält er dabei ganz kurz inne.

LING Ich will sie auch sehen.

Dao reicht ihm die Fotos.

TANG Ist er dabei?

DAO Es tut mir leid ...

TANG Ja oder nein?

DAO Entschuldigen Sie vielmals ... Bitte ...

TANG Also ja. Gut. Sehr gut ... *Setzt sich an den Schreibtisch, beginnt etwas zu schreiben.* Sehr gut. Jetzt kommt die Sache ins Rollen.

DAO Herr Anwalt – nein!

TANG *springt auf* Verdammt! Warum kommt ihr dann überhaupt hierher?! Was wollt ihr von mir? Was ist das schon wieder für eine idiotische Geschichte! Immer hat man Ärger mit euch. Immer! Ihr kommt hierher, druckst herum, lächelt, lächelt, lächelt, und dann geht ihr wieder, und nichts ist passiert. Ihr seid doch nur Dreck für die … Ich will euch helfen! Helfen, versteht ihr?

Während Tangs Rede seufzt Ling erschrocken auf. Er betrachtet eines der Fotos.

LING Mein Liebling … mein … Liebling …

TANG *wieder ruhig, konzentriert, seine Chance witternd* Ist er's?

Ling schüttelt fast unsichtbar den Kopf.

TANG Ist das Wang Dshau?

LING Nein …

TANG Wer dann? Jemand, den Sie kennen?

DAO Ling …

TANG Ling, Sie sind erwachsen genug … Es ist Ihre Sache.

DAO Ling!

LING Ich hab' gedacht, er ist noch in Belgien. Er muß doch noch in Belgien sein! Er hat gesagt, sie bleiben ein paar Wochen in Belgien … und dann … dann …

TANG Wer ist es?

LING *zu Dao, betont ruhig* Du hast es mir versprochen. Du hast gesagt, es ist okay. *Pause.* Siehst du das? *Hält ihm das Foto hin* Siehst du das …? *Aufgebracht* Was sind das für Menschen? Das sind keine Menschen, die so etwas zulassen … Du hast gesagt, wenn man dazugehört, passiert nichts, dann sind alle Familie … Alle! Alle! Alle …! Bist du Familie? Bin ich Familie? War … war … war Khai Familie?

Dao gibt Ling eine Ohrfeige. Tang sieht Dao durchdringend und ernst an.

LING *zu Tang, wie in Trance* Er hat mich angerufen. Er hat mich immer angerufen. Seit Monaten hat er mich angerufen … Es gibt doch Telefone. Überall gibt es Telefone. Es gab ein Telefon in Peking. Es gab ein Telefon in Wladikawkas. Es gab ein Telefon in Chust. In Moskau. In Bratislava. In Prag. Es gab ein Telefon in Berlin. Moment … Und es gab ein Telefon in Hannover. Ein … Telefon in Gro … Gron … Groningen … In Brüssel … Ja, in Brüssel. Aus Zeebrügge wollte er auch noch anrufen … Das war auch unsere Strecke gewesen … genau unsere Strecke.

Dao versucht Ling zu ignorieren, aber man spürt, wie sehr er innerlich kocht. Tang schaut Ling gar nicht an, beobachtet immer nur Dao.

TANG Herr Dao? Herr Dao, verstehe ich Ihren Sohn richtig?

DAO Verzeihen Sie …

TANG Verstehe ich das richtig?

LING Als hätten wir nicht die ganze Scheiße auch schon gehabt!

TANG Arbeiten Sie für die?

Dao antwortet nicht.

TANG Ich habe Schweigepflicht. Bei Mandanten … Schweigepflicht … Das wissen Sie doch …

DAO Verzeihen Sie. Vielen Dank.

Steht auf. Ling bleibt sitzen, steht dann aber auch auf.

LING *wieder absolut gefaßt* Sie sind naiv, Herr Anwalt. Sie sind schon wie einer von denen …

Ling und Dao sind schon fast an der Tür. Dao bleibt kurz stehen, Ling daraufhin auch, dann gehen sie weiter und verlassen die Kanzlei. Tang geht noch eine Weile auf und ab. Er setzt sich an den Schreibtisch, versucht zu arbeiten, hört wieder auf. Er holt aus einer Schreibtischschublade ein Radio heraus und macht es an. Er sucht einen Sender, der ihm gefällt. Wir hören englische Pop- und Soulstationen, wir hören Hiphop, indische Musik und Salsa, Fetzen von Nachrichtensendungen und Werbung. Schließlich entdeckt Tang einen Sender, der chinesischen Pop spielt. Er hört eine Weile zu. Als der Moderator anfängt, Chinesisch zu spre-

chen, dreht er schnell weiter und stellt eine Station ein, die Salsa spielt. Er dreht das Radio ganz laut, bewegt sich im Rhythmus der Musik und versucht ein paar Salsa-Schritte. Er hört auf, steckt sich einen Zigarillo an und schaut rauchend aus dem Fenster. Dann fängt er wieder an zu tanzen. Er tanzt lange.

6. Szene

In Khais Atelier in Fujian. An den Wänden sehen wir große Fotos von halb verbrannten und verstümmelten Tieren. Wenige einfache Möbel. Kameras. Stative. In einer Ecke sind an einem Wäscheständer kleine Schwarzweißabzüge zum Trocknen aufgehängt. Daneben ein Poster mit Yoko Ono und John Lennon. Das Fenster ist halb mit einem Stoffetzen abgedeckt. Es ist Morgen; draußen wird es allmählich hell, die aufgehende Sonne kriecht durchs Zimmer. Khai liegt im Bett und telefoniert. Wir hören Badezimmergeräusche. Es läuft leise das ›Weiße Album‹ von den Beatles.

KHAI Ja ... ja ... ja, ja. Ja ... Alles? Und wohin? Sie müssen doch gesagt haben, wohin ... *Pause.* Nein, natürlich nicht. Ich w-w-weiß das auch! Und nur m-m-meine Sachen? Oder ... oder ... warte ... Ist jetzt Schluß? Du meinst, du kannst echt zusperren? Hm ... hmh ... ja ... ja. Ja ... Warst du heute nacht zu Hause ...? Nein, das weißt du doch, das ist die Arbeit eines ganzen Jahres. Nein! Hör auf. Hör auf mich zu beruhigen. Ich weiß, was die damit machen ... *Pause.* Hab' ich n-n-noch nie erlebt. Du träumst ... Weißt du, wieviele Depots sie dann bräuchten? Unsinn. Unsinn ... Wie, und dann lieben sie uns plötzlich und holen alles wieder raus? Nie ... Die schmeißen das Zeug einfach weg. W-w-weg ... Jetzt beruhige ... du sollst dich beruhigen. Lau ... Lau! Sie haben, was sie wollen, und dich vergessen sie ganz schnell. Ja. Fahr nach Shanghai ... ja, fahr ... das ist sicherer. *Pause.* Wie soll ich denn aufpassen? Ich bin hier ... meine Ka-ka-kameras, ja ... mein ganzes Zeug. Lieber die Bilder ... Ich paß' schon auf ... *Die Geräusche im Badezimmer verstummen.* Er kommt. Ich ruf' später an ... Hm ... hm ... hm ... Dann ruf du an. Oder wenn du angekommen bist ... *Ling kommt im Bademantel ins Zimmer und hält ein Handtuch in der Hand. Khai ändert den Tonfall und spricht nun betont fröhlich ins Telefon.* Lau, Schätzchen, das war ein Superabend! Ja ... ja. Von der ›New York Times‹? Echt ... echt?! Erzähl' ich ihm gleich ... Ja. Ja. Ja ... *Legt auf. Ist sofort wieder ernst, fast noch trauriger als während des Telefonats.*

LING *wirkt neben Khai proletarischer, einfacher, aber nicht tuntig, so wenig wie Khai* Und?

KHAI Was?

LING Was bist du schon wieder so trübsinnig? Freu' dich doch!

KHAI M-m-monster ...

Ling beachtet ihn nicht. Er fängt an, sich unter dem Bademantel abzutrocknen, sehr langsam und gewissenhaft. Khai beobachtet ihn eine Weile stumm.

KHAI Das war mein Abend ...

LING War doch alles gut.

KHAI D-d-das war mein Abend!

LING Ja und?

KHAI Die andern können das so machen. Ich möchte es nicht.

LING Welche andern?

KHAI Die andern.

LING Immer »die andern, die andern«. Ich weiß gar nicht, was du redest.

KHAI Du hast es mir … v-v-ver-dorben!

LING *genervt* Junge, Junge …

KHAI Weißt du, wie lange man sich auf so einen Abend freut? Ach, was weißt denn du … du … du dämlicher Proletarier!

LING *überhaupt nicht beleidigt, eher belustigt* Jammer, jammer, jammer, Khai in seiner Kammer …

Beide schauen sich an, schweigen ein paar Sekunden.

KHAI … Khai in seiner Kammer … hat 'n Riesending …

LING … aber nicht wie Ling!

Beide lachen. Khai bleibt im Bett sitzen, Ling trocknet sich immer noch ab und zieht sich dann langsam an.

KHAI Das war mein Abend … Das war unser Abend. Weißt du das überhaupt? Das war unser letzter Abend.

LING Was glaubst du denn …

KHAI Und warum mußt du dann …

LING Warum, warum … Das ist eben so passiert. Ich hab' ihn lang' nicht mehr gesehen. Aber es war auch fast gar nichts … Khai, was denkst du, da war ein Haufen Leute um uns herum …

KHAI Wirst du mir das aus London auch so schreiben? Lieber Khai, das ist eben so passiert, aber es war auch fast gar nichts …

LING London ist was anderes.

KHAI Ja?

LING Solang' du nicht da bist. Das versprech' ich dir.

Sie schweigen. Es läuft gerade ›Revolution‹.

KHAI *singt leise mit* You say you want a revolution. Well you know, we all want to change the world. You tell me that it's evolution. Well you know, we all want to change the world …

Khai verstummt, hört zu. Ling setzt sich zu ihm aufs Bett.

KHAI *singt wieder* But if you go carrying pictures of Chairman Mao, you ain't goin to make it with anyone, anyhow …

Khai und Ling *singen zusammen* Don't you know it's gonna be alright, alright ... alright, alright ...

Die Musik geht nach diesem Stück ganz aus.

Khai Was ist anders?

Ling Nichts ist anders.

Khai Ist es geiler?

Ling Hör doch auf. Bitte ... bitte!

Khai Sag schon.

Ling *wütend* Siehst du das? Siehst du? Immer suchst du nach einem Grund! Du kannst gar nicht anders. Und wenn ich nicht Mist gemacht hätte ... du ... du hättest dir eben was anderes ausgedacht. Immer, immer, immer! Immer brauchst du einen Grund, damit du unglücklich sein kannst. Ich kann's nicht mehr hören ... Wer ist denn nicht schuld an deinem Unglück? Deine Scheißakademieprofessoren? Deine schwachsinnige Familie? Die Politik?! Weißt du was? Weißt du ... deinen Politscheiß kann ich schon überhaupt nicht mehr hören! Was beschwerst du dich? Ständig beschwerst du dich. Du hast alles, du kannst arbeiten, die Leute kaufen deine Sachen, alle lieben dich ... Du hast eine Vernissage gehabt gestern abend – schon vergessen? Es waren mindestens zweihundert Leute da, es waren die ganzen Klugscheißer da, es war sogar einer von der ›New York Times‹ da ... oder? Oder ... hab' ich doch richtig gehört?

Khai Ja ...

Ling Der schreibt über dich. Der schreibt, daß es hier in Fujian einen Irren gibt, der Tiere anzündet und dann fotografiert, und daß man das in New York auch sehen muß, und schon hast du ein Visum ... Verstehst du?! Und dann nimmst du ein Flugzeug und fliegst. Du fliegst einfach hier raus, und dann bist du da. Weißt du, was ich muß? Weißt du, wie ich rauskomme?!

Khai Ja.

Ling Was beschwerst du dich?! Du mit deiner Scheißpolitik! Scheißpolitik ... Das ist doch zwanghaft.

Khai Nein.

Ling Doch.

Khai Nein ... *Pause.* Sie h-h-haben heute nacht die Galerie auseinandergenommen.

Ling Schwachsinn.

Khai Doch.

Ling Aber, du hast doch gerade ...

Khai Ja ... wegen dir ...

Ling Wieso wegen mir?

Khai Damit du dir keine Sorgen machst. Jetzt ... Das verstehst du doch.

Ling Nein, das versteh' ich nicht ... Es ... es ... tut mir leid ... Du hättest was sagen müssen.

Khai Warum sollte ich ... Ich wollte n-n-icht jammern. Ich wollte nicht wieder ausge-ge-geschimpft werden.

Ling, der immer noch auf dem Bett sitzt, beugt sich leicht vor, als wollte er Khai umarmen, tut es aber dann doch nicht.

Ling Kommen sie hierher?

Khai Glaube ich nicht. N-n-nein – sicher nicht. Es ging ihnen um die Galerie.

Ling Und Lau?

Khai Der ist abgehauen.

Ling Du mußt auch abhauen.

Khai *abwesend* Ja, ich muß auch abhauen.

Ling Du kommst so bald wie möglich nach.

Khai Ja, ich komm' so bald wie möglich nach.

Ling Wär' dir New York lieber?

Khai Nein, New York wär' mir nicht lieber.

Sie schweigen, berühren sich noch immer nicht.

Ling Armer, armer Junge ... steck mir deine Zunge ...

Khai ... steck sie ganz tief rein ...

LING ... in mein Herz hinein.
KHAI Spürst du ... wie es schlägt ...
LING ... wie es mich erregt ...
KHAI ... wie es sich bewegt.
LING Steht es etwa still?
KHAI Nur wenn ich es will.

Während sie sprechen, klingelt es, gleichzeitig wird laut gegen die Tür geklopft. Die beiden schauen sich stumm an und rühren sich nicht. Das Klopfen und Klingeln hört nach einer Weile auf, und wer immer es gewesen ist, er geht wieder.

7. Szene

Im Lastwagencontainer. Lu, Wang, Cheng und Khai haben die Kleider, die sie in mehreren Schichten übereinander trugen, ausgezogen. Sie haben nur noch T-Shirts und Unterhosen an, genauso wie die anderen Eingeschlossenen, von denen wir aber nicht viel mehr als ihre Umrisse sehen. Khai sitzt oder steht mit dem Rücken zu uns. Eine eingeschaltete Taschenlampe liegt auf einer Tomatenkiste, ihr Strahl geht waagrecht durch den Container; eine zweite liegt auf dem Boden und leuchtet an die Decke. Der LKW-Motor ist aus, die Lüftung ist ebenfalls ausgeschaltet. Der Container schaukelt ganz leicht.

LU Das ist doch nicht sein Ernst.
WANG Doch. Er hat gesagt, das muß sein.
CHENG Ja.
WANG Ja ...
LU Wer? Cao – oder der Holländer?
CHENG *ungeduldig* Der Fahrer ... Der Fahrer hat das gesagt.
LU Mir hat er nichts gesagt.

WANG Du hast nicht zugehört.

LU Ich hab' zugehört. Und wie ich zugehört hab'. Seit drei Monaten mach' ich nichts anderes als zuhören. Ich hör' immer nur zu und mach', was man mir sagt. Wie so ein … so ein, so ein … Also hör' auf mit dem Scheiß … Gott … das ist ja so heiß, ich krieg' keine Luft hier … Papa … ich krieg' keine Luft, was soll ich machen?

WANG *hechelt ironisch* Cheche-cheche-cheche …

LU Scheiße, wirklich …

WANG Cheche-cheche-cheche …

LU *macht ihn nach* Cheche-cheche …

Beide hecheln, schließlich beginnen sie wie Erstickende zu röcheln und verstummen dann plötzlich wieder. Es bleibt kurz still, man hört nur sehr leise die anderen blinden Passagiere atmen.

WANG Das war's.

LU Ja, das war's.

WANG Das war's …

Beide lachen.

WANG Sie waren keine schlechten Menschen …

LU … aber dumm.

WANG Nein, nicht dumm.

LU Vielleicht nicht sie selbst … Nicht sie selbst …?

WANG Sie waren jung, und sie wollten alles.

LU *plötzlich ernst* Ich nicht.

CHENG Wir hätten nach Shanghai gehen sollen.

WANG Was?

CHENG Wir hätten uns eine Fahrkarte gekauft, wir hätten uns in den Bus gesetzt, und am nächsten Tag wären wir da gewesen.

WANG Was?

CHENG Dann wären wir da gewesen.

LU Drei Stunden … doch, doch, stimmt … hat er gesagt.

WANG Dann wären wir da gewesen?

CHENG Wo ist das Problem mit Shanghai? Es gibt alles in Shanghai.

WANG Ja. Frauen mit roten Haaren ... Hmmmm ... Und Schwule. Und Ausländer. Kaputte Ausländer, kluge Ausländer ... gemeine Ausländer. Nach ein paar Wochen wären wir nur noch mit Ausländern zusammen gewesen ... Hmmmm ...

LU Drei Stunden ... aber, aber ... wir sind ...

WANG Nach der Arbeit ... Gleich nach der Arbeit rufen sie immer an. Kommt ihr? Seid ihr gleich da? Nein, nichts Besonderes heute abend ... Kein Problem ... Ein paar Drinks, ein bißchen tanzen und vielleicht ein paar Mädchen. Ihr macht sie klar? Gut, aber nicht wieder eine von diesen ... diesen, ihr wißt schon ... diesen, die es immer so ernst haben, und die dann beleidigt sind, wenn man sie ficken will. Hört zu ... hört zu ... hört zu! Wir wollen euch nicht beleidigen, aber besser gleich eine echte Nutte. Ja, also keine richtige Nutte. Eine echte ... Ihr kennt den Unterschied? Ihr kennt ihn. Klar kennt ihr ihn. Die richtige Nutte macht es jeden Tag, die macht es jeden Tag dreimal, fünfmal, zehnmal. Eine echte Nutte macht es einmal im Monat, einmal im Vierteljahr. Die will nur ein bißchen träumen, die will eben ab und zu dabei sein. Jeder will mal dabei sein ... Ihr seid doch auch dabei, oder? Ihr seid doch auch Nutten, echte Nutten. Aber euch, Entschuldigung, Entschuldigung ... euch will keiner ficken ...

LU *schreit entsetzt* Aber wir sind doch noch gar nicht in Dover!

CHENG Schsch!

LU *weinerlich* Wo sind wir denn? Wo sind wir ...

WANG In Shanghai, wir sind ...

CHENG *gleichzeitig* Auf dem Kanal sind wir, wir sind auf dem Kanal, das ist okay ...

WANG ... in einem Klub, und da vorne tanzen sie, und der

DJ macht ihnen die Hölle heiß, und wir trinken die Drinks der Ausländer, und die Ausländer ficken unsere Mädchen. *Pause.* Ist es das, was du willst, Cheng? Willst du eine Nutte sein? Willst du, daß deine Mädchen Nutten sind? Willst du die anderen ... die ... die traurigen Mädchen vergessen? Die ehrlichen ... *Pause.* Weißt du, wie ekelhaft die Luft ist in Shanghai?

CHENG *gleichzeitig mit »Shanghai«* Nein ... nein.

WANG Es ist schwül ... es ist die ganze Zeit so schwül, daß du dir die Kleider vom Leib reißen willst. Du willst immer nur unter der Dusche stehen, und wenn du rauskommst aus der Dusche, fließt schon wieder der Schweiß an dir herunter.

CHENG Du bist doch verrückt ...

WANG Du bist verrückt!

LU Seid kurz still ...

WANG ... du glaubst ... du ... Wie kann man nur eine Sekunde glauben ...

CHENG Ich glaube überhaupt nichts. Ich sehe nur, was ich sehe. Und ich sehe, daß ...

LU Sie läuft nicht ...

CHENG ... daß ...

WANG Ich will nicht einfach nur dabei sein, verstehst du? Ich will nicht gefickt werden!

LU Wir sind noch gar nicht in Dover, und er hat sie ausgemacht. Warum hat er sie ausgemacht? Das ... das ... *Er atmet dramatisch tief ein und aus.*

WANG Hast du eine Freundin, Cheng? Hast du ...?

CHENG Ja, und?

WANG Und wo ist die? Ist die hier? Natürlich ist die nicht hier ...

CHENG Nein.

WANG Eine von den ernsthaften, was? Eine von den traurigen ... Die wollte nicht dabei sein ... um jeden Preis. Sie macht es so. Und ich mach' es so. Ich will auch nicht dabei sein. Sie bleibt dort – und ich nicht. Und beide ... beide ... Keine Parteischweine mehr! Verstehst du? Keine Geldschweine! Keine Polizeischweine! Keine Ausländerschweine! Keine ...

CHENG Was redest du ...

WANG *schreit* Ich will ich sein, verstehst du! Verstehst du! Ich – will – ich – sein! Ich! Ich ...

Alle schweigen.

LU Nichts! Hört ihr? Nichts ...

Wieder Schweigen. Plötzlich springt die Lüftung stotternd an. Sie hören konzentriert zu, als wären sie in einem Konzert. Nach zwanzig, dreißig Sekunden geht sie erneut aus, diesmal endgültig. Lu beginnt panisch ein- und auszuatmen.

LU Kaputt ... Er hat sie gar nicht ausgemacht ... sie ...

CHENG *gleichzeitig mit »sie«* Mann, was redest du?

LU Er kann doch nicht mit einer kaputten Lüftung losfahren ...

CHENG Wang! Wang ... Bin ich nicht weggegangen? Sitz' ich nicht mit euch in dieser stinkenden Konservendose? Und vorher die ganze Scheiße? Seit Januar ... seit Januar sind wir unterwegs ... das sind ... Lu ... das sind wieviel? Drei Monate ... Drei Monate und eine Woche. Mann, Wang, ich weiß, um was es geht. Ich war mit dir in Moskau. Weißt du noch, wie das war in Moskau? In diesem beschissenen Loch. Vierzig Leute in einer Hundehütte. Eine einzige Toilette ... Ein Loch in der Erde, keine Toilette! Einmal am Tag Reis, Bohnen und Tee, und rausgehen ... rausgehen nur zum Arbeiten! Ich war mit dir in Ungarn! Zehn Tage irgendwo ohne Licht, zehn Tage, und am Anfang überhaupt nie raus! Immer nur diese Wand vor dem Fenster. Ich kann dir jeden Ziegelstein von dieser Wand beschreiben! Und ich kann das Geräusch vom Schlüssel nachmachen! *Imitiert mit der Stimme nicht besonders überzeugend das*

Rasseln eines Schlüssels im Schloß Hörst du das? Cao kommt, die Hühnerfotze, und Cao sagt, eure Leute haben nicht genug bezahlt, ihr müßt arbeiten, sonst ist eure Reise hier zu Ende … Mann … Wang, und du …

WANG Warum hast du sie nicht mitgenommen?

CHENG Wen?

WANG Deine Frau, deine Freundin …

CHENG Was?

WANG Warum ist sie nicht hier?

CHENG Kein Geld, ihre Familie …

WANG Du hättest dableiben können.

CHENG Nein.

WANG Bei ihr …

CHENG Nein. *Pause.* Sie kommt nach.

WANG Sie kommt nicht nach.

CHENG Ich komm' zurück.

WANG Nein.

CHENG Nein …

LU *gleichzeitig mit »nein«* Vielleicht …

WANG Siehst du … Du bist wie ich, du machst es wie ich. Also hör auf … Hör auf mit deinem »Wir hätten nach Shanghai fahren sollen«!

LU Warum denn nicht?

WANG Gott …

LU *aufgebracht* Ich hab' … mein Bruder … er hat … Er hätte nicht gehen sollen …

CHENG Du mußt ruhiger sein. Lu! Viel ruhiger. Sei ruhig …

WANG Gott, Gott, Gott … Gott, Gott …

LU Und jetzt … jetzt! Verdammt … wir werden hier ersticken … *röchelt hysterisch* Wir gehen hier ein. Ich geh' ein … ich geh' ein, ich geh' ein! Wieso? Die ganze Familie … einer nach dem andern … Zhi hätte gehen sollen. Ich hab' doch keine Ahnung! Wo soll … wo soll ich ihn … Hilfe. Hilfe. Hilfe …!

Er fängt an, gegen die Wände des Containers zu trommeln. Die beiden andern sehen ihm kurz wie erstarrt dabei zu, dann werfen sie sich auf ihn und drücken ihn auf den Boden.

8. Szene

Im Lastwagencontainer. Lu, Wang und Cheng liegen, die Gesichter von uns weggedreht, noch immer auf dem Boden, wie am Schluß der letzten Szene. Sie verschmelzen in der Dunkelheit fast mit dem Rest der Gruppe. Khai steht oder sitzt ebenso da wie vorhin, nun aber uns zugewandt. Das Licht, in das er getaucht ist, hat etwas Phantastisches. Es ist nicht klar, ob er einen Monolog hält oder ob wir an seinen Gedanken teilhaben. Er stottert nicht, wirkt weniger verstört und abwesend als sonst. Der Container schaukelt ganz leicht.

KHAI Ich verbrenne Katzen, Sir. Ja. Katzen. Nein, Sir, wir essen Hunde, Katzen nicht. Schlangen, manchmal auch Schlangen. Aber wie lange noch? Ja, wie lange … Guter Witz, Sir … Nein, Sir, es gibt noch keine Katzenburger. Auch keine Schlangenburger. Ich würde mal so sagen: Am liebsten ist mir ein Rumpsteak. Mit einer Fettkruste, mit einer ganz dünnen Fettkruste. Und um die Fettkruste herum ist es auf dem Teller schön ölig. Wenn man das Fleisch anschneidet – das ist das beste –, kommt ein bißchen Blut heraus, und das Blut vermischt sich mit dem Fett. Das kann man mit Brot später auftunken. Dazu eine Folienkartoffel. Oder Bratkartoffeln … Pommes frites! Sie haben recht, Sir, Pommes frites, die sind das beste. Trinkt man Bier dazu? Man trinkt Bier dazu … Ja, natürlich. Entschuldigung. Ich bitte vielmals um Entschuldigung. Ich bin so aufgeregt. Ich rede immer so viel, wenn ich aufgeregt bin. Seit Monaten denke ich an dieses Rumpsteak, wissen Sie. Ich dachte, wenn ich erst mal da bin, muß ich als erstes in einen Pub, und da bestelle ich mir etwas, das typisch ist für Ihr Land. Ich will ein guter Gast sein. Wissen Sie … Ach, schon wieder. Schon wieder! Seien Sie mir nicht böse, Sir. Das ist das erste Mal für mich, daß ich … daß ich … irgendwo illegal einreise. Ich bin Künstler. Ich verbrenne Katzen, ja. Und dann fotografiere ich sie. Die andern? Ich weiß nicht. Die andern nicht. Herr Cheng? Medizin, glaube ich. Abgebrochen. Oder gar nicht erst angefangen. Herr Lu will etwas mit Flugzeugen machen. Ja, richtig, Flugzeugingenieur. Um Herrn Wang müssen wir uns die wenigsten Sorgen machen. Herr Wang ist Geschäftsmann. Softdrinks, Westzigaretten, CDs, Ersatzteile für Walkmen und CD-Player. Der? Der findet sich am schnellsten zurecht. Schnell im Kopf, rücksichtslos. Würde mich nicht wundern, wenn er … O nein, ich sollte nicht weitersprechen … Gutgut. Aber nur, wenn Sie es für sich behalten, Sir … Ich kann mich auf Sie verlassen, Sir? Natürlich, Ehrenwort, klar, das gilt. In Ihrem Land. Wo, wenn nicht in Ihrem Land. Darum bin ich ja hier. Ein ehrliches Land mit ehrlichen Menschen. Hart – und ehrlich. Nicht so wie der Herr Wang. Der Herr Wang paßt nämlich auf. Er paßt auf uns auf, ja. Auf die ganze Reisegruppe. Ich weiß das. Ich weiß es eben, ja. Im Vertrauen? Sir, wir kennen uns doch gar nicht. Ich habe schon viel zu viel verraten … Lassen Sie es mich so sagen: Wo Profit ist, findet sich auch ein Geschäftsmann. Oder noch besser: Jedes Reiskorn paßt in einen hungrigen Mund. Was, Sie verstehen mich nicht? Hahaha, ich habe mir einen kleinen Witz erlaubt. Hätte ich das R als L aussprechen sollen, Sil? Hahaha, ein Scherz. Verstehen Sie? Wo Schwalben fliegen, ist auch Luft zum Atmen. Im Schilf rauscht es immer am lautesten. Wer in sich ruht, muß nicht draußen schlafen. Und so weiter, Sil. Unsere gesammelten Weisheiten. Wir sind ein altes Volk, wir haben viele Weisheiten. Sie sind ein junges Volk. Und darum wollen wir von euch lernen. Darum kommen wir zu euch. Aber natürlich, so ist es doch: Jugend ist das Herz des Alters. Hahaha, noch einer! Dingdong, dingi-dingidong! Ling-lung-lang, eine Ratte ist Herr Wang... Nein, Sir, das muß man nüchtern sehen. Jeder macht, was er kann. Ich habe nichts gegen ihn. Es ist seine Sache. Wissen Sie, mein Freund macht das auch. Ling. Ja... Ling... Der steckt noch viel tiefer drin. Sie kennen ihn nicht. Wie soll ich ihn verurteilen? Sagen Sie es mir? Er ist ein schöner, junger Mann. Wenn Sie ihn sehen würden... Er ist ein guter Mensch, ein... normaler Mensch. Also hören Sie zu. Das ist kompliziert, etwas kompliziert. Ling ist der Sohn von Dao... Und Dao... Dao ist der Cousin von Wangs Vater. Ich weiß alles von Ling, und Wang weiß alles von Dao. War gar nicht so kompliziert, oder? Ist ja auch gar nicht so wichtig. Ich wollte nur, daß Sie wissen, woher ich das alles so genau weiß. Wir sind ja unter uns. Darum sage ich Ihnen: Ling ist da bald raus. Er hat Asyl beantragt, das ist bald durch. Wir haben telefoniert, noch schnell vor meiner kleinen Kanalreise, und er hat gesagt, dann hört er sofort auf. Aber vorher... Er hätte es einfach nicht mehr ausgehalten, hat er gesagt. Er hat, weil ihm so langweilig war, irgendwann angefangen, alles zu zählen. Das war wie ein Zwang. Die schmutzigen Gabeln, die schmutzigen Messer, jedes Stäbchen, jede Schüssel, jeden Teller. Als er eine Million zusammen hatte – die Million habe ich ihm nie geglaubt! –, als er die Million zusammenhatte, hat er gedacht, er muß sofort aufhören. Das war doch kein Leben. Er ist doch nicht nach England gegangen, um sieben Tage die Woche in einer heißen, stinkenden Küche in der Little Street hin und her zu taumeln. So ist das gekommen. So. Ich will Sie sehen in seiner Lage ... Und jetzt ... jetzt ist er seit einem Jahr bei den Schlangenköpfen. Nein, das war jetzt kein Witz. Die heißen so. Sie wissen, daß die so heißen, Sir. Shetou. Schlangenköpfe ... Geschäfte aller Art. Sagen Sie mir, w-w-womit die nicht handeln! G-g-ganz harte Burschen. Zu hart. Er hört ja bald auf, darum erzähl' ich Ihnen das. Damit Sie ein bißchen Einblick bekommen ... Vergessen Sie's, ja? Vergessen Sie es einfach, bitte ... Wie bin ich überhaupt ... ja, genau ... Herr Wang ... Naja, ich würde verstehen, wenn Sie zu ihm nein sagen. Man muß sich um ihn keine Sorgen machen, aber vielleicht ja um Ihr Land, wenn Sie ihn reinlassen. Der bleibt bei den harten Burschen. Ling, das ist was anderes. Das war nur so ein Übergang. Es tut ihm auch leid. Ich bin mir sicher. Wang? Niemals. Der ... der ... Die andern? Wem sollen die schaden ...?

Pause

KHAI Gut, Sir. Ja, Sir. Ich werde mich beruhigen. Ich werde langsamer sprechen. Ich weiß – das ist auch in meinem Interesse. Also ... also ... Über Lu kann ich nichts Schlechtes sagen, wirklich nicht. Manchmal, vielleicht ... manchmal ... Nein. Er war die ganze Zeit sehr anständig. Wissen Sie, wir kommen fast alle aus derselben Stadt, da kennt man sich, also, ich will nur sagen, ich habe ihn schon vorher gekannt, und wir haben ... Wir haben zusammen '89, ja, da waren wir noch sehr jung ... Wir bekamen bei uns im Süden kaum etwas mit, aber wir haben zusammen mit ein paar andern aus meiner Schule alles im Fernsehen verfolgt ... Ja, das geht, aus Taiwan ... Sie wissen vielleicht, Fujian und Taiwan, das ist fast dasselbe, das waren unsere Leute, die mit ihren Schiffen damals rübergefahren sind, vorher, das waren doch nur Wilde. Ja, Sir. Entschuldigung, Sir. Zur Sache, natürlich ... Lu war immer auf der Seite der Studenten, ja, und später haben wir zwar nie mehr darüber geredet, aber ich glaube, er ist richtig. Allerdings, wie soll ich sagen ... nein ... Politik hat ihn später nicht interessiert. Ich weiß nicht, vielleicht habe ich irgendwas nicht mitbekommen, aber eins kann ich sagen – und da tue ich ihm bestimmt nicht Unrecht –, Sicherheitsdienst und so was, mit denen hat er nie Probleme gehabt. Das hätte ich gewußt, Sir, wir leben in einer kleinen Stadt, wie ich schon sagte, da bekommt man so etwas mit. Ja, wie bei Wang, zum Beispiel, die Sache mit den CDs ... Nein, ich hab' nichts gesagt ... Nein, Sir, ich w-w-will hier keinen anschwärzen, bloß nicht, jeder ist für sich selbst verantwortlich. Eine kleine Ähre ist stärker als ein großer Wind, hahaha. Ich ... ich ... Herrn Cheng habe ich das erste Mal in Peking auf dem Flughafen gesehen, der kommt aus Kiang. Da müssen Sie sich Ihr Urteil selbst bilden. Ich kann ... also ... ich kann doch in Wahrheit nur für mich sprechen. Ja, gut, ich ... Ich bin Künstler, wie ich schon sagte ... Immer ein bißchen woanders, wissen Sie, viele halten mich für introvertiert, aber was ist schon introvertiert? Ist einer, der alles sieht, alles riecht, den alles schmerzt, ist so einer introvertiert? Ich beschreibe Ihnen das mal, ja? Haben wir noch Zeit? Ja? Ja ...? Bitte, kurz ... Ich ... Danke. Ich ... nehme also so eine Katze, natürlich ist die vorher tot, ich suche manchmal tagelang, wissen Sie, ich laufe nachts durch die Stadt, durch die Parks, durch die Hinterhöfe und suche nach Katzenkadavern, und dann nehme ich diese tote Katze und ... ich weiß, es klingt grausam, aber darum geht es ja ... ich röste sie, und ihre aufgeplatzten Wunden, die verschrumpelte, verbrannte Haut, die geschmolzenen Augen, das aufgerissene Maul, das ist es, darum geht es ... Sehen Sie, ich will mich ja nicht, wie sagt man ... ich, ich ... Sehen Sie mal, sehen Sie ... *Er greift unter sein T-Shirt und holt ein Kettchen heraus, an dem ein Herz, ein Kreuz und ein St. Christophorus hängen.* Sehen Sie, bei uns sind viele ... also ich, ich ... ich auch ... Ja, Sir, wir sind auch Christen. Hätten

Sie nicht gedacht … Sehen Sie, das ist der Heilige Christophorus, der Schutzheilige aller, die unterwegs sind, auf Reisen, auf dem Weg von A nach B … und manchmal auch, hahaha … Sie meinen auch wieder zurück nach A? Ich will nicht hoffen, Sir, das will ich nicht hoffen. Darauf wollte ich später noch kommen, aber … so … ja, nein, eins nach dem andern, ja, also als Christ, ich sehe das … es geht um die Wunden, die Schmerzen, wir … so denke ich … wir leiden jeder für den andern … Nein, das denke ich nicht! Nein, nein, so meinte ich das nicht … Wie ich schon sagte, wir wollen lernen von euch, aber … Nein, bloß nicht, wir wollen niemanden unglücklich machen, Sie müssen nicht … Wir … wir wollen doch nichts geschenkt bekommen! Also … *steckt die Kette wieder weg* … ich wollte … *fällt sich selbst ins Wort* … ich bin kein Tierquäler! Sie sind schon tot! Tot, verstehen Sie! Ich *zeige* das Leid, ich mache es nicht … Bei Ihnen gibt es so was nicht? Entschuldigen Sie … Bei mir war die Polizei! Polizei! Bei Ihnen soll es sowas nicht geben?! Ich hab's doch gelesen in ›Newsweek‹. Der schneidet ein ganzes Rind auf! Der schneidet die Scheibe von einem Rind ab, als wär's ein Brot! Po-li-zei! Die kommen und schlagen einen zusammen! Ohne zu fragen! Bum! Dung! Dang! Und vorher meine Ausstellung! Und die Kameras … Bum! Zoom! Wuum! Und dann den Galeristen! Rams! Wams! Dams! Sechs Monate! Bei Ihnen gibt es das nicht? Nein, bei Ihnen nicht … Einer schneidet eine Kuh in Stücke und bekommt dafür eine Million Pfund! Ich … ich will auch eine Million! Eine Million irgendwas! Und wenn es eine Million dreckige Teller sind! Bloß … bloß … ich … Ling sagt, ich … wenn ich nicht träume … er sagt, ich soll nicht so jammern. Aber er ist … Wissen Sie, er ist ein Mann aus dem Volk, er ist … so kräftig, so … Sechs Monate … wissen Sie, wie ich diese sechs Mo … Das … Es war dunkel, ja, völlig dunkel, ich konnte nicht mal etwas an die Wand kritzeln, so wie in einem Film, Sie kennen das ... und, und, da waren Typen bei mir drin, das ... Sie will ich mal ... Sie ... ich, also ... Ich hab', verstehen Sie ... Nichts, nichts! Mit wem soll ich dort reden? Was soll ich dort lesen? Die Nacht ist die Mutter des Tages, hahaha. Aber nur in ... draußen ... draußen ... Ich hab' dann gesungen, für mich, ich war mein eigenes Radio. Waren Sie schon mal Radio, Sir? Sie drehen am Knopf und das Radio spielt, was Sie wollen. Das ist ... Ich bin ... Nein ... Ich ja ... Yesterday. All My Loving. Lady Madonna ... Christ? Das kann ich unterschreiben. Ling? Nein, er nicht. Aber er hat die Papiere doch schon in der Tasche! Ihn heiraten wegen der Papiere? Geht das? Ach so, ein Witz ... aber ... We can ... We Can Work It Out ... Knopf drücken ... Drehen, drücken ... Bang, bang. Bang, bang, Maxwell's Silver Hammer ... Hammer ... Hammer, hahaha!

Pause

KHAI *ruhig* Ich bin okay ... Danke. Es geht. Danke. Könnte ich noch ein Glas haben, bitte? Danke ... Vielleicht auch eine Zigarette? Vielen Dank. Die ist gut ... *Er hustet künstlich.* Stark. Hmmm. Hm ... *Pause. Dann fast flüsternd; verzweifelt* Bitte, schicken Sie mich nicht zurück! Bitte! Ich kann nicht schwimmen, nein ... Sie können doch nicht sagen, ich soll zurückschwimmen! Wie soll ich denn zurückschwimmen? Ich kann nicht schwimmen, ich schwöre es Ihnen, ich kann nicht schwimmen, ich kann ... Naja, vielleicht ein bißchen. Aber der Kanal, jetzt, in der Nacht ... Ich ... mir ... bestimmt fällt mir noch etwas ein ... Stop! Bitte ... Bitte, bitte, bitte! Mir fällt noch etwas ein. Ein Geschäft. Ja? Ja? Cao, unser Führer ... ich sag' Ihnen, wie Sie an den rankommen, ja ... ja. Und ... und der Holländer, der hat den Lastwagen gemietet, das weiß ich, zusammen mit Cao, der Hühnerfotze *kichert* in Rotterdam. In Holland war noch ein Chinese dabei. Der war ... der ... war irgendwie wichtiger. Ich glaube … Der war der Chef von Cao … In Holland, ja, in jedem Land hatte er Chefs. Nein, nicht der Holländer. Der Holländer … der … der, das war ein echter Holländer. Ein Kind, ja, der ist jünger als wir. Ein Kind … Und dann noch, hören Sie … Herr Wang … er und Cao … also, nur als Aufpasser, aber der weiß auch viel. Und der hat … Sie könnten … Ich hab' eine Idee! Sie lassen mich und Wang rein, nur uns, ja, kein Risiko, und ich bleib' dran an Wang, solange Sie wollen. Ich mach' bei ihm mit. Er macht bei den Schlangenköpfen mit und ich mach' bei ihm mit, und so … so kommen Sie rein. Und dann räumen Sie auf! Zong! Zang! Bang! Und übrigens … Übrigens … Lu, ja, mit dem würde ich … nun … wenn ich ehrlich bin … Er hat in Groningen auf der Straße, wir haben da für Cao … Tücher und Turnschuhe, ja. Ich hab's leider gesehen. Er hat einer Frau in die Handta … Den also … den sollten Sie vielleicht … *Pause.* Soll der doch zurückschwimmen! Oder brauchen Sie noch mehr Diebe in Ihrem Land? Haben Sie nicht genug eigene Diebe? Sie haben genug … *Pause.* Entschuldigung! Entschuldigen Sie, bitte, Sir, das … Die P-p-polizei! D-d-die Dunkelheit! Die Schläge … Immer die-die-die … Das Herz! Ling! Die … Sir … Sir, ich weiß jetzt … Moment, ich weiß, Sie haben keine Zeit mehr … Sir … *Er steht auf, sollte er bis dahin gesessen haben.* Ich bin schon so durcheinander, so abwesend und durcheinander … Das wär' nichts für Sie, Sir … Ich … habe mich … vorbereitet … ich fall' doch gar nicht auf … Ich bin so wie Sie! Ich glaube an Christus! Ich glaube an die Freiheit! Ich glaube an die Beatles! Hören Sie! Hören Sie! *Er beginnt zu singen, leise und unsicher* I don't wanna kiss or hold your hand … if it's funny try to understand, there ist really nothing else I'd rather do, 'cause I'm happy just to dance with you … I don't need to hug or hold you tight, I just wanna dance with you all night …

Es dauert nicht lange, und Wang, Cheng, Lu und dann auch die anderen schließen sich ihm an und singen leise mit, ohne sich uns zuzuwenden oder aus der Dunkelheit herauszutreten.
In this world there's nothing I would rather do, 'cause I'm happy just to dance with you … Just to dance with you …
Sie singen das Lied bis zum Schluß.

9. Szene

Im Wohnzimmer der Familie Reiziger in Rotterdam. Das Zimmer ist sehr hell und auf eine sehr unauffällige Art kleinbürgerlich eingerichtet. Wir sehen ein großes langes Fenster ohne Gardinen. Auf dem Couchtisch und auf dem Fensterbrett stehen zwei schöne Sträuße mit Sonnenblumen. Frank Reiziger, ein junger Mann Anfang Zwanzig, blond, mit kindlichen Gesichtszügen, sitzt auf dem Sofa. Er hat einen engen, modischen Cordanzug an mit einem hellen Hemd darunter, ohne Krawatte. Dicht neben ihm sitzt Yun; er ist Mitte Zwanzig, wirkt aber älter. Er arbeitet für die Shetou. Er trägt einen grünen Militärparka und eine beigefarbene Militärhose, beides etwas zu groß. Sie sehen sich nicht an, während sie miteinander reden. Franks Mutter, eine sehr jugendlich wirkende Mittvierzigerin, ist in der Küche und macht Kaffee für Franks Besucher. Man hört leise das Klirren von Tellern und Besteck, das Pfeifen der Kaffeemaschine. Frank Reiziger ist »der Holländer«.

FRANK *nachdem beide erst einmal eine endlos scheinende Minute lang geschwiegen haben* Ja, aber …
YUN Du kannst nicht, ja?
FRANK Ich …

Yun Das …

Frank Nein, ich … Woher soll ich denn …

Yun Siehst du, so ist das. Das ist deine … Lektion.

Frank Nein.

Yun So mußt du das sehen. Weil …

Sie schweigen wieder.

Yun Paß auf … David Carradine … oder nein Keith … Keith Carradine. Nein, nein, David … David Carradine … Er kommt zu seinem Meister, okay, er kommt zu seinem Meister, und der Meister ist natürlich sehr alt. Er ist ein alter dicker Meister, der immer nur dasitzt und seine Mantras aufsagt, ja … Und David Carradine … oder Keith … er sagt: Meister, ich will auch Meister sein. Wann werde ich Meister? Das alles ist so ein bißchen lächerlich, es ist nicht wirklich falsch, aber auch nicht wirklich richtig, aber das ist jetzt auch egal, jedenfalls … jedenfalls … Der Meister, der sagt erst mal gar nichts, weil er ein Meister ist, kapiert, und dann macht der Meister die Hand auf, so eine kleine dicke Hand hat der, mit kurzen dicken Fingern, und in der Hand … in der Hand hat er so ein paar Steinchen, frag mich nicht, Steinchen eben, und er sagt so was wie: Du mußt schneller sein als der Wind, und Carradine schnappt nach diesen Steinchen, der schnappt danach, wie ein Leguan nach einer Fliege schnappt, das macht wusch, ganz schnell, und der Meister … der Meister, der rührt sich überhaupt nicht …

Frau Reiziger *ruft aus der Küche, gleichzeitig mit »nicht«* Vielleicht, Frank, ihr könntet … Kennt er den neuen Hafen? Frag ihn doch mal, ob er den neuen Hafen kennt …

Yun schweigt, Frank antwortet nicht.

Frau Reiziger *ruft aus der Küche* Alle Welt will den neuen Hafen sehen …

Yun schlägt, ohne ihn anzusehen, Frank ins Gesicht. Frank krümmt sich, richtet sich sofort wieder auf und sitzt weiter ruhig da, als wäre nichts passiert. Aus seiner Nase läuft ein kleiner Tropfen Blut, was Frank offenbar selbst zunächst nicht bemerkt.

YUN *hart* Du kleines Stück Scheiße ... *dann wieder gut gelaunt wie vorhin* Ein richtiger Meister ... Naja ... Der Meister rührt sich also nicht, aber seine Faust ist zu, und dann macht er sie auf, und diese Steinchen, die sind immer noch in seiner kleinen dicken Hand. Verstehst du? Und Carradine, der ... der schaut ... der schaut so wie du jetzt ...

FRANK Ich bräuchte drei Monate ... Okay, okay ... vier ...

YUN Du träumst.

FRANK Nein.

YUN Ich versteh' es nicht. Warum bleibt ihr Typen nicht einfach zu Hause bei euren ...

FRANK *gleichzeitig mit »euren«* Dann, dann ...

YUN *gleichzeitig mit »dann«* Wer mitspielen will, spielt mit. Ich hab' noch keinen weggeschickt.

FRANK ... dann kann ich's dir doch zurück ...

YUN Drei Monate?

FRANK Vier ... höchstens vier.

YUN Nie ... Nicht in einem Jahr. Du hättest es dir vorher überlegen sollen. Du hättest beim Billard bleiben sollen – oder bei diesen Kinderdarts. Zehn Gulden, fünfzig Gulden, hundert Gulden am Abend, das hätte doch gereicht für einen wie dich. Aber ihr Typen ... ich weiß auch nicht, was ihr ... Immer dieses Herumstehen und Gucken und Nichtssagen, und dann noch ein Bier und noch ein Bier, und immer so verklemmt rüberglotzen. Es ist noch keiner von euch gleich nach hinten gekommen und hat gesagt: Ich bin dabei. Was ...

FRANK *gleichzeitig mit »was«* Doch ...

YUN Was hast du erwartet? Daß du reich werden kannst? Oder ...

FRANK *gleichzeitig mit »oder«* Ich hab' gefragt. Ich hab' mich hingesetzt und hab' gefragt, und dann hab' ich ...

YUN Nein …

FRAU REIZIGER *kommt ins Wohnzimmer mit Tellern und Tassen und ist mit dem Tischdecken so beschäftigt, daß sie nicht aufschaut* Das ist hier natürlich alles viel kleiner als bei euch, Yun, und dann, im Krieg, die Stadt war weg, das war fast wie … wie in … Das hattet ihr nicht in Hongkong, oder? Was war … waren da die Deutschen oder die … *sieht Yun an* Du hast ja immer noch deine Jacke an … *geht wieder raus* Frank, sag deinem Freund, er soll seine Jacke ausziehen. Das sieht komisch aus … *leiser, zu sich selbst* Komische Jacke …

YUN Hörst du den Meister sprechen, Carradine? Oder hörst du nur deine Mami sprechen? Der Meister sagt: Wer viel will, verliert um so mehr … Das ist jetzt deine Lektion, Carradine, du kleines Stück Scheiße … Du warst zu langsam. Du wirst vielleicht immer zu langsam sein. Aber sieh das so: Es ist eine gute Tat. Du hilfst. Und du verdienst dabei. Du hilfst Leuten, die ohne dich am Arsch wären, die dich brauchen. Ist das nicht angenehm?

FRANK Ja.

YUN Hör mal, hör mal, hör mal … Wie das klingt! Hast du schon mal jemandem … ich mein' so richtig … Hast du schon mal was riskiert für jemanden?

FRANK Wie …

YUN Hast du?

FRANK *denkt nach* Wir haben … in unser'm Übungsraum, das ist am Rijkjes-Kanal, da hat sich einer reingestürzt. Ich … ich wollte ihn rausholen … aber dann kam sowieso die Feuerwehr.

YUN Sowieso.

FRANK Ja, sowieso. Sowieso … *Pause.* Na und? Dann bin ich eben nicht reingesprungen! Weißt du was? Weißt … du … was? Ich wollte gar nicht reinspringen! Ich hab' mit den andern auf der Brücke gestanden und hab' geguckt, wie der

Kerl im Wasser mit den Armen gewedelt hat, und als er dann nicht mehr gewedelt hat mit seinen Armen, sind wir wieder zurückgegangen, und wir haben die Feuerwehr nur noch gehört, und später haben wir ein Stück gemacht mit Feuerwehrsirenen, das war ein Superstück … Und … und … *wird immer aufgeregter und lauter* … als mein Vater im Krankenhaus war, bin ich auch nie hingegangen … hmm, hmm … und … und meine Mutter hab' ich bei der Beerdigung … die hab' ich nicht mal umarmt! Ich … kann das nicht! Ich weiß auch gar nicht, was das soll … Das ist doch Lehrergerede … Bist du auch ein Lehrer? Du … du bist doch kein Lehrer, oder? Du redest so eine Scheiße, du … was glaubst du denn … dann sag, was du willst, aber hör auf mit diesem Man-muß-helfen-Scheiß! Ich … will keinem helfen, ich hab' Angst, verstehst du. Ich hab' immer schon Angst gehabt, wir haben alle Angst … Ich kenn' niemanden, der keine Angst hat. Wir haben Angst vor Mädchen, wir haben Angst vor … vor … vor UV-Strahlen, wir haben Angst, daß unsere Eltern sich trennen, wir haben Angst, wir könnten die falschen Sachen anhaben. Wir … Und jetzt soll ich … ich! … jetzt soll ich für ein paar idiotische Chinesen, jetzt soll ich … *Pause.* Das kann doch nicht wahr sein … Das ist nicht mein Leben, oder? Das ist nicht mein Leben … *Das Nasenbluten wird stärker.*

YUN Hör auf!

FRANK Einmal … einmal hab' ich was … riskiert. *Seufzt.*

YUN Wie ein Fisch an der Angel warst du.

FRANK Ihr habt mich reingelegt … mit euren … Tricks.

YUN Ich mußte nur kurz ziehen. Reißen und ziehen.

FRANK *Pause* Und wenn sie entdeckt werden?

YUN Nein.

FRANK Was passiert dann?

YUN Unser Risiko.

FRANK Und was ist mein Risiko? Kommen sie dann zu mir?

Muß ich dann … ich muß dann … nein, ich glaub's nicht, ich glaub's nicht! Ich …

YUN Die Belgier lassen sie laufen. Die setzen sie in Zeebrügge in einen Zug nach Deutschland, und sie steigen dann eine Station später wieder aus, und wir versuchen's noch mal.

FRANK … ich bin doch … ich will das nicht! *Pause.* Das ist ein Alptraum, oder? Und gerade träume ich … ich träum' echt, daß ich vielleicht im Knast lande. So sagt man doch, oder?

YUN Keine Ahnung.

FRANK Und? Ist das ein Alptraum? Lande ich … im Knast?

YUN Vielleicht. Vielleicht auch nicht. *Pause.* Aber wenn du die Firma nicht anmeldest und den LKW nicht besorgst, dann … dann wünschst du dir, du wärst ins Gefängnis gekommen … Oder du wünschst dir, daß es dir bloß so schlecht ginge wie ein paar idiotischen Chinesen, die es zu Hause nicht mehr ausgehalten haben!

FRANK *Pause* Ich hab' das … *er wischt sich über die Oberlippe, die inzwischen voller Blut ist, was er jetzt erst wahrnimmt* … nicht so … gemeint.

YUN *gleichzeitig mit »gemeint«* Wie ein Fisch an der Angel bist du … *er nimmt eine Packung Papiertaschentücher heraus und gibt sie Frank.* Und weißt du, was so ein Fisch an der Angel macht?

FRAU REIZIGER *ruft aus der Küche* Habt ihr alles, Jungs?

Frank, der sich ein Taschentuch vor die Nase hält, antwortet nicht, während Yun darauf wartet, daß er reagiert. Schließlich legt ihm Yun die Hand auf den Oberschenkel.

FRANK *ruft undeutlich* Ja, Mam, alles bestens …

YUN *leise, höhnisch* Weißt du, wie der macht, der Fisch? Plop, plop, plop – so macht der Fisch, wenn man ihn an der Angel hat. Den hört man gar nicht mehr. Und ich hör' dich auch nicht mehr. Plop, plop, plop … So machst du, verstehst du? Wir idiotischen Chinesen, wir hören nur, was wir wollen, verstehst du? Wir lassen uns nicht beleidigen. Wir sind so eingebildet, daß wir nichts hören, wenn wir nichts hören wollen. Wir sind so eingebildet, daß wir uns holen, was wir uns holen wollen. Und jetzt holen wir uns dich, kapiert? Dich! Pech, kleiner Meister. Du warst auf unserer Liste. Du – oder ein anderer von euch Typen. Ihr seid für uns ... wie Fische. Alle gleich. Ein Karpfen ist wie ein Karpfen, verstehst du? Wen interessiert, daß Karpfen das anders sehen? Wir sind eben die Hechte. *Pause.* Ein Hecht ist wie ein Hecht, Klugscheißer? Hast du das gerade gedacht? Ja ... aber nur für die Karpfen ...

FRAU REIZIGER *kommt ins Zimmer und sieht Frank mit dem Taschentuch vor der Nase* Was ...

FRANK *Pause* Er hat mich geschlagen.

FRAU REIZIGER Was?

YUN Ich hab' ihn geschlagen. Und Sie schlage ich auch, wenn Sie nicht gleich wieder verschwinden.

10. Szene

Im Lastwagencontainer. Wang, Cheng und Khai sitzen mit dem Rücken oder mit der Seite zu uns, ohne sich zu rühren. Zwischendrin erhebt sich einer und uriniert in eine leere Wasserflasche, dann setzt er sich wieder und erstarrt. Die drei verschmelzen in der Dunkelheit fast mit dem Rest der Reisegruppe. Lu ist uns zugewandt. Er hält in einer Hand eine Taschenlampe, in der anderen ein beschriebenes Stück Papier. Er liest stumm. Wir hören seine Stimme aus dem Off vom Band. Er ist in das gleiche phantastische Licht getaucht wie vorhin Khai bei seinem Monolog. Der Container schaukelt nicht mehr.

LU Mein lieber Zhi! Ich schreibe Dir, weil ich glaube, daß wir uns wahrscheinlich nicht mehr wiedersehen werden. Du kannst Dir überhaupt nicht vorstellen, wo ich hier gerade bin. Unser armer Shuo muß zum Schluß auch in einem solchen LKW-Container gesessen haben. Er hat uns nichts davon erzählt, weil er sich an die Vereinbarung mit Herrn Giung halten mußte, aber ich wäre gefahren, auch wenn ich gewußt hätte, wie der letzte Teil der Reise aussieht. Er ist unser Bruder, da muß man alles versuchen.

Wir sind heute früh in Rotterdam in einen LKW eingestiegen. Vorne stapeln sich Hunderte von Tomatenkisten, hinten sind wir. Fast vierzig Mann und keine einzige Frau! Sie haben im Container eine Sperrholzwand eingebaut, damit man uns bei Kontrollen nicht sieht. Sie haben uns die Pässe weggenommen (es sind die falschen Pässe, mit denen wir seit Peking unterwegs sind), und wir durften nur etwas zum Anziehen mitnehmen. Dann haben wir noch ein paar Schokoriegel gekriegt und Mineralwasser. Frag Dich besser nicht, wie wir ohne Toilette auskommen. Es gibt eine Lüftung, aber die funktioniert nicht. Von Rotterdam fuhren wir nach Zeebrügge, wo wir den ganzen Tag in sengender Hitze draußen in der Sonne standen, bis der LKW auf die Fähre konnte. Es gab eine Kontrolle, aber die Belgier sind sehr nachlässig. Da ging die Lüftung noch, während der Überfahrt meistens auch. Inzwischen läuft sie gar nicht mehr, und vor einer Stunde hat der Fahrer auch noch die Lüftungsklappen zugemacht. Die Engländer haben Hunde und Meßgeräte für Kohlenmonoxid. Beim Einsteigen hat unser Führer gesagt, die Kontrollen in Dover dauerten höchstens drei Stunden, und wir hätten Luft für mindestens fünf Stunden. Das ist nicht wahr. Viele haben schon auf dem Kanal angefangen, sich unwohl zu fühlen, und seit die Lüftungsklappen geschlossen sind, werden immer mehr ohnmächtig oder übergeben sich. Das kommt wahr-

scheinlich auch wegen der Hitze. Um diese Zeit ist normalerweise in Europa Frühling, es herrschen aber seit Tagen Temperaturen wie im Hochsommer.
Ich weiß nicht, wie lange es die anderen schaffen, stillzuhalten. Ein paar fingen schon an, gegen die Wände zu klopfen, damit jemand auf uns aufmerksam wird und sie raus können. Aber wir haben sie nicht gelassen. Wir laufen doch nicht um die halbe Welt, um auf den letzten Metern zu straucheln! Ja, das denke ich, aber meine Hoffnung läßt trotzdem langsam nach. Bis jetzt war ich sehr tapfer, tapferer, als du mich kennst. Ich frage mich, was du an meiner Stelle tun würdest, und ich denke, du würdest durchhalten. Das gibt mir ein bißchen Hoffnung zurück. Ich muß allerdings zugeben, daß ich gar nicht weiß, wie ich Shuo da überhaupt rausholen soll. Wer gibt uns die Sicherheit, daß sie Wort halten? Was ist, wenn sie mit mir dasselbe machen wie mit ihm? Mußt Du dann kommen, um uns beide auszulösen? Wie lange sollen wir dann einer für den andern schuften? Und wenn sie Dich nicht weglassen? Kommt dann Singan? Kommen Eure Kinder nach? Und wenn sie die auch alle als Geiseln nehmen? Kommt dann die ganze Familie nach, die ganze Stadt, ganz China? Und so weiter. Du siehst schon, man kommt hier drin auf die merkwürdigsten Gedanken.
Aber mach Dir keine Sorgen. Noch bin ich klar im Kopf. Ich bin auch klar genug, um zu wissen, daß ich durchhalten muß. Wenn ich hier doch noch rauskomme, schmeiße ich diesen Brief weg, dann wirst Du nie etwas von meinen Zweifeln erfahren. Wenn nicht, ist es mir egal, was Du von mir denkst. Ich hoffe, die englischen Polizisten schicken Euch dann meinen Brief so schnell wie möglich. Ich möchte, daß Du zu Herrn Giung gehst. Er muß Dir das Geld zurückgeben. Das steht so im Vertrag, das habe ich gesehen. Wenn der Passagier ohne eigenes Verschulden nicht

am Zielort ankommt, wird die gesamte Summe zurückerstattet. Nimm das Geld und versuch, damit Shuo zu helfen. Irgendwie kriegt Ihr ihn da schon raus. Es war sowieso eine blöde Idee, zwei Fliegen mit einer Klappe schlagen zu wollen. Wir hätten ihnen einfach das Geld schicken sollen für ihn und Schluß. Und ich wäre dageblieben. Ich werde in England sowieso nie studieren können. Oder hast Du Herrn Giung wirklich geglaubt, daß es zum hundertsten Geburtstag der alten Königin eine Amnestie für alle Illegalen geben wird? Ich glaube es nicht mehr. Je länger ich hier drin sitze, desto weniger glaube ich es.

Pause

LU So, jetzt kann ich wieder weiterschreiben. Ich habe nur eine kurze Pause gemacht, weil meine Kräfte langsam nachlassen. Nichts Schlimmes. Man muß sich einfach so wenig wie möglich bewegen und nicht sprechen, dann hält die Luft länger. Wir hatten übrigens am Tag vor der Weiterfahrt ein paar Stunden frei und sind in Brüssel spazierengegangen. Davon wollte ich Dir noch erzählen. Das hat mir sehr gefallen, alles war viel mehr so wie bei uns, als ich gedacht hatte, und dann auch wieder ganz anders. In London sollen die Geschäfte noch viel besser sein. Du erzählst ja auch immer so viel von Kioto. Trotzdem dachte ich, ich würde viel lieber wieder zu Hause sein. Ich würde in meinem Bett liegen, am Morgen, und auf das Rauschen der Wasserleitungen in unserem Haus hören, wenn sich alle gleichzeitig waschen und auf die Toilette gehen, und Du und Singan und die Kinder, ihr wärt alle schon beim Frühstück, und dann käme Tang Tang reingelaufen und würde meine Decke runterziehen. Und so weiter.

Ich höre jetzt wirklich besser auf. Sonst erzähle ich Dir noch, wie ich heute nachmittag, als wir auf dem Kanal waren, im Stehen eingeschlafen bin und wie ich geträumt habe, daß wir zusammen nach Peking gefahren sind, nur um uns in der Sanlitanstraße zu besaufen. Wir saßen an einem langen grünen Tresen, und alle Frauen, die hereinkamen, hatten unten nichts an.

Ich liebe Euch alle. Sag Shuo, daß ich es wirklich versucht habe. Lu

Er liest zu Ende, stockt, holt aus der hinteren Hosentasche einen Stift und schreibt noch schnell etwas dazu.

LU *wieder aus dem Off* Bitte schicken Sie diesen Brief an Zhi Kwuar, Straße der Volksbrigaden 232/2, Wohnung Nummer 5, Fujian, Volksrepublik China.

Lu faltet den Zettel zusammen und steckt ihn mit dem Stift in die Hosentasche. Er macht die Taschenlampe aus und lehnt sich gegen die Containerwand. Er schließt die Augen.

11. Szene

Im Hinterzimmer eines chinesischen Restaurants in Londons Chinatown. Am Tisch sitzen Dao, der Cousin von Wangs Vater; Ling, Daos Sohn und Khais homosexueller Freund; Shuo, der jüngere Bruder von Lu und Zhi. Die drei essen zusammen. Shuo ist ähnlich angezogen wie Dao. Er trägt einen schwarzen Anzug, weißes Hemd, bunte Krawatte, solide schwarze Herrenschuhe mit Lochmuster. Die Gesichter der drei glänzen vor Anstrengung und Zufriedenheit. Dao und Ling wirken viel aufgeschlossener und »europäischer« als in der Szene in Tang Meiwas Kanzlei.

LING Das kommt …

SHUO *gleichzeitig mit »kommt«* Jetzt sag schon!

LING Das kommt darauf an. Das kommt auf die Firma an.

Du kannst alles haben. Hol dir einen für achthundert Pfund und du bist glücklich. Für zweihundert Pfund ... vielleicht macht dich das noch glücklicher.

SHUO Klar. Klar ... Ich weiß. Ich bin doch kein Kind mehr.

Dao schüttelt grinsend den Kopf.

LING Was willst du wissen, Shuo? Was willst du dann wissen?

SHUO *Pause* Paß auf. *Pause.* Paß auf. Du hast doch in so einem Laden gearbeitet – vorher. Du mußt das alles ...

DAO *gleichzeitig mit »alles«* Junge, in deinem Zimmer ist gerade Platz für ein Bett.

SHUO *sieht Dao überrascht an, dann wieder zu Ling* Ich will den besten, den es gibt. Verstehst du? *Pause.* Ich will die Mischung. *Pause.* Die Mischung, sagt man, macht die Qualität. *Pause.* Und leise muß er sein. Ein Jaguar der Tiefkühltechnik ... Hehe. *Lacht über seinen eigenen Witz* Ich hab' einen leichten Schlaf, wißt ihr.

LING Was heißt das – Mischung?

SHUO Naja. *Pause.* Also schau mal ... *Pause.* Wenn du dir zum Beispiel ... wenn du dir zum Beispiel ... wenn du ... *blickt hilfesuchend Dao an* Wie war das? Jetzt sag halt ...

DAO *langsam, ironisch* Willst du heute mitschreiben?

SHUO Ja. *Pause* Nein.

DAO Dann sprich mir nach: Wenn du ...

SHUO Wenn du ...

DAO ... dir zum Beispiel eine Frau kaufen willst ...

SHUO ... eine Frau kaufen willst ...

DAO ... dann gehst du auch nicht zu den teuersten Nutten von London.

SHUO Nein.

DAO Du gehst aber auch nicht auf den Straßenstrich in King's Cross, wo die ganzen alten Negerinnen stehen mit ihren riesigen Ärschen und Hängebäuchen ... Also gut: Diese weißen Edelnutten, die wie Fotomodelle aussehen und die zu dir nach Hause kommen, wenn du willst – die kannst du dir nicht leisten. Und du möchtest auch nicht lebendig begraben werden unter so einem Zombie aus Jamaika. Du könntest dich natürlich irgendwo mit so einer hinter eine Ecke stellen, und dann machst du die Augen zu und sie bläst dir einen, und du stellst dir vor, es wär' Gong Li. Könntest du natürlich machen ... Kannst du aber nicht! Weil du ein kleiner dummer Chinese bist, der sich noch nie was vorstellen konnte.

SHUO Wieso muß man sich was vorstellen? Ist doch alles da.

DAO Siehst du.

LING Komm mal zum Punkt, Papa.

DAO Also, was macht unser kleiner dummer Chinese? Er geht nach Hackney, in einen von diesen neuen Puffs, und da läuft er dann herum und guckt. Er hat immer noch die Wahl. Er hat dreißig Pfund in der Tasche, und für dreißig Pfund kann er hier einer halbtoten Polin in den Arsch ficken, ohne Präservativ, er kann mit einem spanischen Mannweib ringen, richtig gut ringen, bis es ihm auf ihre durchtrainierten, eisenharten Schenkel kommt. Oder er geht zu einer von diesen eingebildeten Thailänderinnen, die alle so tun, als täten sie uns einen Gefallen. Alles Mist, oder? Also, wo landet unser kleiner dummer Chinese zum Schluß? Natürlich – er landet bei einer kleinen dummen Chinesin, die nicht besonders hübsch ist, aber abstoßend ist sie auch nicht, und wahrscheinlich kommt sie auch noch aus derselben Provinz wie er. Er legt sich ganz normal auf sie drauf, und wenn er fertig ist, streicht sie ihm über die Stirn, und hinterher unterhalten sie sich noch ein bißchen, und das ist dann die perfekte Mischung.

LING *zu Shuo* Ein Italiener wär' gut für dich. Sieht immer gut aus ... Zanussi. Zanussi ist gut. Die haben alle ein Frosterfach, automatische Abtauregulierung, und bei allen Modellen kann man die Türen auf beiden Seiten aufhängen. Was in deinem kleinen Käfig ein Riesenvorteil wäre.

SHUO Genau. *Pause.* Genau ...

LING So ein Italiener geht natürlich schneller kaputt als ein Deutscher. Also Bosch oder Siemens – die laufen und laufen.

SHUO *triumphierend* Sind aber teurer?

LING Sind aber teurer.

SHUO *zu Dao* Und?

DAO Was »und«?

SHUO Naja ... hmm, hmm ... Ist das die ... richtige Mischung? Dieser Zanussi ...

DAO Hallo! Hallo! Ist jemand da? Du brauchst keinen Kühlschrank! Du hast keinen Platz.

SHUO Doch.

LING Shuo ... Wofür? Du bist nie zu Hause, du ißt nie zu Hause.

SHUO Wenn ich Besuch hab'. Wenn ich Besuch hab'!

LING UND DAO *gleichzeitig* Wenn du Besuch hast?

SHUO Das hab' ich immer gewollt, daß ...

LING *gleichzeitig mit »daß«* Wann hast du das letzte Mal Besuch gehabt?

SHUO *Pause* Du warst letzte Woche bei mir.

DAO Wir bringen unser Bier selber mit.

SHUO *triumphierend* Genau. Ja. Genau. Aber die Frauen nicht. Da muß man immer was da ...

Dao und Ling unterbrechen Shuo mit ihrem Lachen.

DAO Wie läuft's denn zur Zeit, Herzensbrecher?

SHUO Mach deine Witze ... An die Engländerinnen kommt man nicht so leicht ran. Das weißt du. Und unsere Frauen ...

LING Wenn sie nicht gerade Nutten sind ...

SHUO Genau. Wenn sie keine Nutten sind, kannst du's vergessen. Oder sie sind schon halbe Engländerinnen.

DAO Dann lieber eine ganze?

SHUO *Pause* Dann lieber eine ganze!

Alle drei lachen. Während sie lachen, richten sich die Blicke von Dao und Shuo immer mehr auf Ling.

LING Hört auf. Papa, hör auf! Ich red' mit dir nicht darüber.

Dao sieht Ling weiter an. Er lacht nicht mehr.

LING Das geht dich nichts an.

DAO Sag schon.

SHUO Sag schon …

LING *Pause* Ja.

DAO Ja?

LING Ja. Zweimal.

DAO Und?

LING Wenn du's genau wissen willst, sie reden dabei.

SHUO Stimmt das? Sie reden dabei?

Dao nickt, dann wird er ernst. Es gibt eine kurze, unangenehme Pause.

DAO Wir müssen heute noch arbeiten. *Er holt aus seiner Jakkentasche ein Handy heraus.* Die Nummer.

SHUO Nur die Typen? Oder die Frauen auch?

DAO *zu Shuo* Die Nummer von deinem Bruder.

LING *lächelt* Die Frauen?

SHUO Hätt' ja sein können.

LING Was soll ich mit Frauen, du Schwachkopf! Ich hab' genug Ärger mit Kerlen. Einer sitzt in Fujian und schickt mir Briefe, die ich nicht richtig lesen kann, weil er immer draufheult beim Schreiben.

SHUO Echt?

DAO *schlägt mit der Hand auf den Tisch* Schnauze! Schnauze ihr beiden!

Nach einer kurzen Pause sagt Shuo Dao die Telefonnummer. Es kommt keine Verbindung zustande, und Dao versucht es mehrmals.

DAO Wieso geht das nicht? Das geht doch sonst immer.

LING Er hat dir die falsche Nummer gegeben, Papa.
DAO Er hat mir nicht die falsche Nummer gegeben …
LING Zähl mal durch. Es fehlt eine Ziffer.
DAO *murmelt die Nummer* Du Arschloch! *Zu Shuo* Du Arschloch! Was soll das?
SHUO Die stimmt, die Nummer.
DAO Die stimmt nicht.
LING Hast du sie nicht gespeichert?
Dao drückt auf seinem Handy herum. Man merkt, daß er sich damit nicht gut auskennt. Er wird so wütend, daß er kurz davor ist, es auf den Tisch zu knallen, aber Ling nimmt es ihm in letzter Sekunde weg.
DAO *zu Shuo* Scheiße, Junge, Scheiße. Das ist jedesmal dasselbe. Entweder die Nummer stimmt nicht oder es ist keiner zu Hause bei euch … Oder du machst den Mund nicht auf, wenn du dran bist.
LING Laß ihn.
DAO Wie – laß ihn? Der macht uns das Geschäft kaputt. Und was glaubst du, wie die das finden!
LING *zu Shuo* Los, jetzt mach.
Shuo starrt ihn stumm an.
DAO *zu Shuo* Okay, ich red' mit Cao, wenn er nächstes Mal da ist. Du kommst wieder ins »Taifun«. Du schleppst wieder jede Nacht Gläser und Teller drei Stockwerke rauf und runter. Du schläfst im Heizungskeller. Und das so ungefähr dreißig Jahre, bis du deine Schulden weg hast. Du … *er wirft sich auf Shuo und packt ihn am Kragen* … du wirst dir noch wünschen … Du hast alles gewußt! Ihr habt ihnen doch nicht einfach so dreißigtausend Dollar für die Reise versprochen! Wolltest du die im … im … Mahjong gewinnen?
Shuo sagt ihm die richtige Nummer.
DAO *während er darauf wartet, daß die Verbindung aufgebaut wird* Du Arschloch! Du kleines Arschloch! Du lügst

mich an? Du lügst dich selbst an, du … *ins Telefon* Hallo! Ich will Zhi sprechen … nein, ich nicht … nein. Sag ihm, wenn er nicht ans Telefon kommt, schneid' ich seinem Bruder den Daumen ab! Den kleinen Finger fressen schon die Fische in der Themse … *zu Ling* Noch so ein Clown. Ich weiß nicht, was mit denen los ist. Alles wollen sie haben, aber nichts bezahlen. Ich bezahl auch, ich … Ich hab' das auch zu Wang gesagt. Ich hab' gesagt: Wang, überleg's dir. Wenn du kommst, ist nichts mehr, wie es war, aber der ist ein vernünftiger … *ins Telefon* Zhi, Zhi … Zhi! Sei still. Sei still! Ja … ja, ja … Was ist jetzt? Hast du … Unterbrich mich nicht! Hast du dir was … was … was einfallen lassen …? Nein. *Zu Ling* Er will uns jeden Monat was schicken. Er will uns jeden Monat was schicken! *Ins Telefon* Bist du bescheuert? Mann, du bist so bescheuert! Mich interessiert deine beschissene Firma nicht, kapiert! Mach deine Geschäfte in China, wir machen unsere Geschäfte hier! Glaubst du, ich will hundert Jahre warten? Nein … das können die dir erzählen! Weißt du, wie ich das finde? Und weißt du, wie dein Bruder das findet?

Dao, der Shuo längst losgelassen hat, hält ihm den Hörer hin und nickt ihm auffordernd zu. Shuo reagiert nicht. Erst als ihm Ling einen leichten Klaps auf den Kopf gibt, stöhnt er kaum hörbar und sichtlich gespielt in den Hörer.

DAO *hält die Muschel zu; dann zu Shuo* War das alles? Richtig, verstehst du, richtig! Das ist hier kein Telefonsex, Arschloch.

Shuo stöhnt wieder leise in die Muschel. Ling schlägt ihm ins Gesicht, in den Bauch und verdreht ihm den Arm. Shuo wehrt sich nicht; nun jammert er laut und herzzereißend. Während Ling ihn bearbeitet, hält Dao den Hörer so hin, damit man am anderen Ende der Leitung alles gut verstehen kann.

DAO *in den Raum* Hört auf, ihr bringt ihn noch um! Ihr seid ja Tiere … hört auf, hört jetzt auf! *Ins Telefon* Hast du gehört, Zhi, wie gut dein Bruder es findet, daß du Spielchen spielen willst? *Hört länger zu, legt dann wortlos auf* Er schickt jemanden.

LING Mit Geld?

SHUO *gleichzeitig mit »Geld«* Wen?

DAO Mit Geld, ohne Geld … Das ist sein Problem.

LING Ja und dann?

DAO Das ist Caos Sache. Jeder, der kommt, sagt er, ist bares Geld. Jeder, der kommt, muß zahlen. Jeder, der kommt, hat kein Geld. Jeder … ich weiß auch nicht. Ich versteh's auch nicht. Aber es funktioniert … *zu Shuo* Oder, Shuo, es funktioniert doch? *Er schlägt ihm freundschaftlich auf die Schulter.*

SHUO Wen schickt er?

DAO *Pause* Einen Kühlschrank. *Fängt an, hysterisch zu lachen.* Einen …

LING *lacht auch* … Kühl … Kühl … ich kann nicht … einen …

LING und DAO *zusammen* Kühlschrank …

DAO Brrm, brrm, taftaftaf …

LING Uuh, ist mir kalt. Lady, ist Ihnen auch so kalt? Das kommt von … meinem …

DAO … Küüühlschrank.

Dao und Ling lachen weiter.

SHUO Wen? Wen …?

12. Szene

Im Lastwagencontainer. Lu, Wang, Cheng und Khai sitzen jeder für sich erschöpft und schweißüberströmt da; vielleicht lehnen sie auch aneinander. Sie schweigen lange. Man hört nur das nahezu rhythmische Atmen der restlichen blinden Passagiere, von denen wir nach wie vor nicht viel mehr als ihre Silhouetten erkennen. Ansonsten ist es sehr still, die Lüftung funktioniert noch immer nicht oder ist nicht an; der LKW-Motor ist ebenfalls aus. Jemand fällt in Ohnmacht, und ein paar kümmern sich um ihn. Ein anderer versucht, sich torkelnd zur Ladeklappe vorzukämpfen. Er kommt aber nicht weit, weil es im Container sehr eng ist und er nicht die Kraft hat, die müden, schwerfälligen Menschen zur Seite zu drücken. Spätestens an der Trennwand, die von den Schleppern zur Tarnung im Container eingezogen wurde, muß er ohnehin aufgeben. Zwei Leute zerren an einer Wasserflasche, bis einer erschöpft losläßt. Jemand steckt sich eine Zigarette an, worauf sich sofort einer auf ihn stürzt, sie ihm aus dem Mund reißt und an der Containerwand ausdrückt. Ein dritter wird von den herumfliegenden Funken getroffen. Er flucht leise und versucht, sie sich aus den Haaren und von den Oberarmen zu klopfen. Überall liegen Haufen von Kleidern herum, die sich die Menschen wegen der im Container herrschenden Hitze ausgezogen haben. Ein großgewachsener, dürrer Mann mit nacktem Oberkörper spielt mit einem Gameboy, dessen Ton ausgeschaltet ist.

Lu Fünfzig Grad.

Pause

Lu Zweiundfünfzig Grad.

Pause

Lu Zwei-und-fünf-zig!

WANG Im Schatten.

Beide lachen schwach.

CHENG Es kann nicht mehr lange dauern.

LU Was? Daß sie uns finden?

CHENG *stöhnt* Mann, Lu.

LU Was würden sie mit uns machen? Was machen sie mit Leuten wie uns?

WANG Grillen. Sie legen uns auf den Grill. Und dann …

CHENG *gleichzeitig mit »dann«* Es geht. Frag lieber, was …

WANG *gleichzeitig mit »was«* … sehen sie zu, wie langsam die ganze Soße …

CHENG *gleichzeitig mit »Soße«* … was sie zu Hause mit uns machen würden.

WANG … aus uns … aus uns … rausläuft.

LU Gluck, gluck, gluck?

WANG UND LU *zusammen* Gluck!

CHENG *selbstversunken* Wenn wir wieder nach Belgien zurückmüssen … *fällt sich selbst ins Wort.* Belgien ist okay, wirklich, das ist okay. Da kümmert sich keiner um uns, und dann ist wieder Cao an der Reihe.

LU Steht im Vertrag.

CHENG Steht im Vertrag. Wenn sie uns aber nach Hause zurückschicken … Wenn sie uns nach Hause zurückschikken, kannst du dir die Begrüßung in Peking vorstellen … Die kommen schon ins Flugzeug rein … Zuerst alle raus – und dann sitzst nur noch du da, links und rechts ein Engländer, und wenn du richtig Pech hast, bist du auch noch an einen von denen mit Handschellen gefesselt. Und dann …

LU Das kannst du gar nicht so genau wissen.

CHENG … dann kommen sie rein, zu viert, zu sechst, und erst mal ist alles ganz zivilisiert. Also schön langsam und vorsichtig die Gangway runter, in den Bus, zum Terminal, alles kühl, aber höflich. Solange die Engländer da sind.

Aber irgendwann sind die Engländer nicht mehr da. Irgendwann fliegen die Engländer nach England zurück …

KHAI Ich hab' das vorhin geträumt.

WANG Guten Morgen, schöne Lotosblüte.

CHENG Was hast du geträumt?

KHAI Genau das hab' ich geträumt. Ich saß in einem Flugzeug, und dann sind wir raus. Es war früh am Morgen, wir sind die ganze Nacht geflogen. Nein, wir sind eine ganze Woche lang geflogen. Draußen: to-to … to-tal grau, als wär' alles mit riesigen grauen Tüchern abgehängt, die Häuser, der Himmel. Vier Typen, vielleicht waren es auch sechs, haben mich mitgenommen, und wir sind eine Ewigkeit durch Gänge gelaufen, das war das ganze Programm, mit flackerndem Neonlicht und zerkratzten Wänden und so, und ab und zu … ab und zu w-w-w-ischte irgendwo vor uns ein Schatten vorbei, ein Schatten von einem Menschen. Als könnten die durch die Wände gehen, von links nach rechts, von rechts nach links. Und das hab' ich dann auch probiert, weil ich abhauen wollte, immer mit Anlauf, und jedesmal bin ich gegen die Wand geknallt. Bang! Bum! Zang! Die Polizisten haben sich kaputtgelacht über mich, und dann fingen sie selbst an, durch die Wände zu laufen, und wenn einer von denen wieder auftauchte, bekam ich eine über den Schädel. Aber nach einer Weile blieben sie einfach weg. Sie flossen so … raus … durch die Wände, aber sie kamen nicht mehr zurück. Sie kamen einfach nicht mehr zurück, und am Ende war ich ganz allein in diesem Sch-sch-scheißgang, ich bin da panisch herumgerannt und hab' gerufen nach ihnen, und ich hab' mich nach ihnen und nach ihren Schlägen gesehnt.

Pause

LU Wow!

CHENG Khai … Khai!

LU Wann hast du das geträumt, Mann?

Khai G-g-gerade. Sag' ich doch.

Lu Kannst du ...

Cheng Du hast ja ...

Lu ... nicht träumen, daß wir auch durch Wände laufen können?

Cheng Khai, du hast in den letzten drei Monaten nicht soviel geredet wie ...

Wang *gleichzeitig* Meine Mutter hat auch solche Träume gehabt, als wir im Lager waren.

Die andern drei sehen Wang fragend an.

Wang Später dann auch noch. Eigentlich sogar noch mehr.

Sie sehen ihn weiter stumm an.

Wang Sie mußte immer zur Arbeit gehen, jeden Morgen fünf Kilometer zu Fuß, das war so ein schmaler, unbefestigter Bergweg. Und abends wieder zurück. Mein Vater hat im Lager gearbeitet, aber sie nicht. Ich bin auch einmal mit ihr dort raufgegangen; das war furchtbar. Ich ... ich war ... vier oder fünf ... und ich hab' runtergeschaut. Sie hat gesagt, ich soll nicht runterschauen. Aber ich hab' runtergeschaut, und kaum schau' ich runter, denk' ich ... ich denk', jemand hat mich gepackt und zieht mich da runter. Ich bin fast runtergesprungen, so hat es mich in diesen Abgrund gezogen. Meine Mutter mußte mich festhalten, sie hat geschrien, ich soll nicht mehr hinsehen. Sie hat mir am Ende die Augen zugehalten, damit ich endlich aufhör' runterzustieren. Ja. Die ganze Gruppe ist stehengeblieben wegen uns ... die ganze Gruppe, und ... und sogar die Aufseher haben nichts gesagt, die haben gewartet, bis sie sich beruhigt ...

Pause

Wang Der Traum? Der Traum ... *Pause.* Sie geht also diesen Weg rauf, wie tausend Mal davor, und plötzlich kann sie nicht mehr. Sie springt in den Abgrund ... sie springt, weil sie nicht mehr kann, und während sie springt, merkt sie, daß sie mich und meinen Vater vergessen hat – daß sie uns zurückläßt dort. Sie fliegt immer tiefer … und, und … tiefer, und sie hat keine Angst, daß ihr etwas passieren könnte, sie freut sich … auf die Freiheit. Und je länger sie fliegt … je länger sie fliegt, ja, desto sicherer ist sie sich, daß ich und Papa es auch ohne sie schaffen werden, sie ist glücklich … erleichtert, und dann … dann, dann endlich hat sie wieder festen Boden unter den Füßen, sie landet ganz weich und sicher – auf demselben Weg, von dem sie gerade runtergesprungen ist … und vor ihr und hinter ihr dieselben Frauen, mit denen sie seit Jahren hier rauf und runter marschiert.

KHAI *singt* The long and winding road, where I go …

LU Supertraum.

KHAI *singt* … see the trees, see the sky …

LU Was hat sie noch geträumt?

WANG Immer nur das. Sie ist davon fast verrückt geworden. Jede Nacht … das muß man sich … jede Nacht … Sie wollte manchmal deshalb nicht einschlafen – weil sie Angst hatte, daß der Traum wiederkommt.

CHENG Wo wart ihr?

WANG Im Nordwesten. Siubang … Verbrecher der Politik und Kunst. Papa, Mama. Er wurde von drei sechzehnjährigen Pissern aus dem Institut rausgeprügelt. Sie bekam einen Brief von der Stadtparteileitung, daß sie sich nicht einbilden soll, sie würde jemals wieder bei einer Zeitung Arbeit bekommen. Sie liebte Ye Saining. Den Dichter.

CHENG Und du?

WANG Gezeugt und geboren in Siubang. Aufgewachsen in Siubang … *Pause.* Verjagt aus Siubang. *Pause.* Meine Eltern hatten mich irgendwann weggeschickt. Bis zu ihrer Rehabilitierung war ich beim Cousin meines Vaters … in Gingxi.

CHENG Und jetzt … schicken sie dich wieder weg?

Lu Ich kann auch einen Traum erzählen.

Wang *zu Cheng* Wie kommst du darauf?

Lu Wir haben Karten gespielt. Alle meine Brüder...

Cheng *zu Wang* Weil sie uns alle wegschicken. Hier ist doch keiner freiwillig.

Lu *gleichzeitig mit »freiwillig«* Alle meine Brüder waren da... Wir hatten sonst immer nur aufgeschrieben, aber in der Nacht spielten wir um Geld. Und ich hatte alles gewonnen. Es wurde immer mehr. Das Geld lag vor mir – fünftausend Yuan, zehntausend Yuan... Ich hab' noch nie so viel Geld gesehen.

Pause

Wang Und?

Lu Aber jedesmal, wenn ich aufhören will, wenn ich... das Geld einstecken will, verwandeln sich die Scheine in Schlangen. In Schlangen... Also muß ich immer weiterspielen.

Wang Und weiter?

Lu Ich weiß nicht. Weiter nichts. Obwohl... es ging irgendwie noch...

Cheng *gleichzeitig mit »noch«; zu Wang* Ich hab's mir immer gewünscht. Aber gewollt hab' ich's nicht. *Pause.* Alles wegen dieser Postkarte. Ich hab' sie mir als Kind... ich hab' sie oft stundenlang angeschaut. *Pause.* Meine Mutter hatte sie mal am Busbahnhof gekauft. London, Gerrard Street. Da war diese kleine rote Pagode drauf, und um die Pagode herum standen lauter kleine englische Häuser. Hinten lief eine Gruppe von Touristen vorbei, und auf der Treppe vor der Pagode saßen zwei Männer, Zigaretten im Mund, Nike-T-Shirts. Neben ihnen stand einer im Anzug, auch mit einer Zigarette. Ich weiß nicht, was meine Mutter mit dem Foto hatte. Eine Zeitlang hing es sogar neben ihrem Bett. Mein Vater... der, der... der hat es gehaßt. Der hat immer auf diese drei auf der Treppe geflucht. Er hat gesagt, guckt euch diese Gangster an, eine Schande für unser Volk, guckt euch diesen großen Gangster an, guckt euch diese kleinen Gangster an, die sind alle drei nur Dreck, was wollen die, was denken die, wer die sind, Geschäfte hier, Geschäfte dort, am Ende werden die sowieso eingesperrt, jeder Verbrecher wird am Ende eingesperrt, aber viel… vielleicht sind das gar keine Gangster, vielleicht sind das bloß irgendwelche Illegalen … arme Schweine, wenn die wüßten, daß sie auf einer Touristenpostkarte gelandet sind, wären die doch besser zu Hause geblieben …

WANG Und der hat dich weggeschickt?

CHENG Ich wär' sowieso gegangen.

LU Oder vielleicht waren es gar keine Schlangen …

WANG *zu Cheng* Warum?

Cheng antwortet nicht.

LU Vielleicht … okay, okay … wartet mal … plötzlich hab' ich ein so gutes Blatt, daß …

WANG Mann, Lu, halt die Klappe! Halt … die … Klappe!

CHENG *Pause; zu Wang* Und du?

WANG Und ich?

CHENG Und du.

WANG Ich … ich …

LU Papa, Papa … warum schreist du mich so an?

WANG *zu Cheng* Eine, äh, Sicherheits …maßnahme.

CHENG Haben sie das so gesagt?

WANG Haben sie so gesagt.

CHENG Hättest du das auch so gesagt?

KHAI H-h-hätte er.

WANG Schnauze, Lotosblüte! *Pause.* Hätte ich.

CHENG Versteh' ich nicht.

WANG Das mußt du nicht verstehen.

CHENG Das muß ich nicht verstehen?

WANG Nein.

CHENG Nein.

Cheng und Wang fangen an zu lachen. Sie lachen falsch und kalt, und irgendwann schließt sich ihnen mit einem ebenso gekünstelten Lachen Lu an. Dann verstummen sie wieder erschöpft.

KHAI Er hat sie in Stücke gehackt und gebraten. H-h-hat er gemacht. *Pause.* Das hat die ganze Stadt gewußt. *Pause.* Jedesmal, wenn in einer Mülltonne oder im Gouamin-Park ein Sack Knochen aufgetaucht ist, sagten die Leute, aah, ah, Wang Dshau ist wieder unterwegs, m-m-muß man aufpassen. Und dann ... dann ist der Polizeichef zu seinen Eltern gegangen und hat gesagt, hören Sie zu, so und so, ist klar, war schlimm, Kindheit im Lager, wer will eine Kindheit im Lager, aber trotzdem, passen Sie auf, Ihr S-s-sohn, so und so, sonst müssen wir, so und so ... und so ...

WANG Sag mal ...!

KHAI Und dann haben seine Eltern zum Polizeichef gesagt, das kann gar nicht sein, unser Sohn ist okay, der ist doch nur ein kleiner Dieb, hier ein paar CDs, da ein Walkman, das weiß doch die ganze Stadt ...

Wang wirft sich auf Khai, packt ihn mit einer Hand am Hals, die andere Hand hebt er, als wolle er ihm gleich eine Ohrfeige geben.

KHAI Ach ... ach, nein ... das war anders ...

WANG *gleichzeitig mit »anders«* Nein ... *Er senkt die zum Schlag erhobene Hand, packt Khai am Kinn und tätschelt dann sein Gesicht.* Nein, nein, nein ... *grinst plötzlich* Und was sagt der Polizist darauf?

KHAI H-h-hören Sie zu, sagt er, kleiner Dieb, großer Menschenfresser, der Junge muß weg, das, das, das ... können wir nicht immer unter uns regeln ...

WANG Und weiter?

KHAI W-w-wieso, sagen die Eltern darauf, wir haben immer alles erstattet, jeden Yuan haben wir zurückgegeben, und einmal im Monat durchsuchen wir auch sein Zimmer … sein … sein …

Während Wang und Khai miteinander reden und raufen, beobachtet Lu sie mit immer ernsterer Miene.

WANG *gespannt, als würde er sich eine packende Geschichte anhören, die von einem anderen handelt* Und dann, dann … wie geht's dann weiter?

KHAI *plötzlich ernst, sachlich, unhysterisch* Sie hatten keine Wahl. Du konntest einfach nicht aufhören, w-w-wärst früher oder später w-w-weg gewesen. Kopf … ab!

WANG Früher oder später.

Er läßt Khai los, bleibt aber weiter dicht neben ihm sitzen. Dann zu Cheng Hast du's jetzt verstanden?

CHENG *plötzlich schwer atmend* Weißt du … eigentlich ist es mir egal. *Pause.* Echt. *Pause.* Egal …

LU *zu Wang* Du hast mein Geld …

Wang reagiert nicht.

CHENG *matt; zu Lu* Was für Geld?

LU Nein, nichts …

WANG *zu sich selbst* Ich hör' nicht auf. Ich hör' doch nicht auf! Nein. Nein. Nein. Ich will überhaupt nie aufhören. Ich … ich … immer unterwegs, immer hier schauen, da schauen … einmal hast du Angst, dann wieder, wenn's klappt, hast du das Gefühl, der Kopf fliegt dir weg, da kannst du dich drei Tage lang zurauchen und nichts passiert, das so wär' … *nun wieder zu den andern* … das … könnt ihr nicht verstehen.

LU *zu Wang* Hast du's?

Wang grinst.

LU Du hast es! Und … du, du weißt auch, daß es mehr war … Das waren mehr als achthundert Dollar! Das war alles, was Zhi mir mitgegeben hat für den Kleinen! Du … du … Du Schwein!

Er wirft sich auf Wang und versucht, ihn zu durchsuchen.

Da er aber viel schwächer ist als Wang, hat der zunächst keine große Mühe, Lu auf Distanz zu halten. Schließlich gelingt es Lu dennoch, mit der Hand in Wangs hintere Hosentasche zu fahren. Er zieht etwas heraus, einen Zettel oder eine Fotografie – das kann man nicht genau erkennen. Sie reißen sich kurz darum, bis Lu erschöpft aufgibt. Wang streicht den von der Rauferei zerknitterten Zettel glatt und steckt ihn wieder in die Tasche. Dann liegen und sitzen alle eine Weile stumm da, einige schwer atmend oder seufzend.

CHENG Khai ... Sing uns was ...

Khai stöhnt widerwillig auf.

CHENG Komm. Mach das Radio an.

KHAI Mmh-hmm.

CHENG *singt falsch* Yesterday... Yes-ter-day... *Pause.* Yester-day... Los, komm ...

Khai reagiert nicht.

CHENG Ach, egal. Egal, egal, egal. *Pause.* Du kannst nicht auf Befehl, oder?

Sie schweigen wieder eine Weile.

CHENG Lu ... Wieviel Grad ... jetzt?

Lu antwortet nicht.

CHENG Lu! Luuu ... *Wendet sich Lu zu, der – an die Containerwand gelehnt – offenbar eingeschlafen ist* Lu, wieviel Grad?

WANG Scheiße!

LU Was? Was ...

CHENG Nichts.

WANG Ich glaub' ... *beginnt schwer und hektisch zu atmen* Scheiße, Scheiße, Scheiße! Ich glaub', es wird weniger ... Es wird echt weniger!

CHENG *auch schwer atmend* Was wird weniger? Was redest du?

LU Sechzig ... Zweiund ...

WANG Luft ... Es wird weniger Luft.

LU *gleichzeitig mit »Luft«* Ich ... Zweiundsechzig im ... Schatten ... Zwei ... mir ist so ... mir ... *setzt sich plötzlich auf und spricht vollkommen klar* Ich hab' den Traum zu Ende geträumt! Wirklich. Ich hab' ihn zu Ende geträumt. Wißt ihr, wie's weiterging? Wollt ihr's echt wissen? *Pause.* Also. Also ... Also wir spielen weiter, okay, wir spielen weiter ... und ich ... ich kann das Geld nicht nehmen, weil sich jeder Schein, den ich gewinne ... ich gewinne pausenlos ... weil, weil jeder von diesen beschissenen Geldscheinen eine Schlange ist oder ein ... Skorpion oder irgendsowas and'res Ekelhaftes ... und darum, darum ... ich hab' plötzlich diese Idee, eine Superidee, ich ... fang' an zu verlieren, absichtlich, versteht ihr, absichtlich ... und sofort geht es mir ... mir geht's so gut. Wirklich.

WANG Idiot ...

CHENG Das ist doch egal. Egal ... egal, egal.

WANG Du bist ein Idiot, Lu.

CHENG Laß ihn. Der ist überhaupt nicht mehr ... richtig ...

WANG *gleichzeitig mit »richtig«* Hej, Lu ... Lu ... Wie macht eine Schlange?

CHENG Mann, Mann, Mann. Mann ... Laß ihn! *Pause.*

LU Ssssss ... ssssss ... *Pause* Sssssss ...

13. Szene

Im Dienstwagen des britischen Innenministers Ian Simmons. Der Minister und seine Freundin Janet Muller sitzen auf dem Rücksitz; sie sind weit voneinander weggerückt. Die abgedunkelte Trennscheibe zum Fahrer ist geschlossen. Simmons ist um die Sechzig, Muller etwa Mitte Dreißig.

Simmons Wenn … wenn …

Muller Hm …

Simmons Du kannst … wenn …

Muller *gleichzeitig mit »wenn«* Komm, jetzt sag's doch.

Simmons Wenn es das ist, was du willst …

Muller Wenn es das ist, was ich will?

Simmons Wenn es das ist, was du willst, dann werde ich das akzeptieren. Absolut.

Muller *Pause* Ja? Ja? Ja …? *Pause. Dann fängt sie an zu weinen.*

Simmons Janet … Jan, Jan! Ja-net … *Er bewegt sich nicht von der Stelle.* Janet …

Muller schluchzt weiter.

Simmons Willst du … willst du was trinken?

Sie nickt.

Simmons *Er öffnet ein kleines Fach, das in der Rückseite des Vordersitzes eingebaut ist.* Und, was willst du? Gin Tonic? Gin Fizz? Whiskey sour?

Sie zuckt mit den Schultern.

Simmons Oder … oder … einen Taittinger? Hm … hm … ein Champagner vielleicht, das wär' doch gut, ein Champagner, der trocknet alle Tränen. *Pause.* Okay. Es gibt nur Mineralwasser. Es gibt Mineralwasser mit oder Mineralwasser ohne … Derryl's. Es gibt nur dieses verfluchte Derryl's, das wie Schafpisse schmeckt und wie Schafpisse riecht. Seit ich denken kann, gibt es immer nur dieses widerliche Supermarktzeug. Meine Mutter hat es schon gekauft. Und, und … und in der Schule … Warum gibt's hier kein Perrier? Kein, kein … kein Badoit oder … Ich will Volvic! Ich sag' das nicht noch mal! Ich werd' bei der nächsten Sitzung, verstehst du, ich … ich bin der Minister, und die stellen mir hier diese stinkende Proletenbrühe rein. Warum nicht gleich Dr. Pepper, he? He …?

Muller Ian?

SIMMONS Ja …

MULLER Es ist mir egal.

SIMMONS Ja.

MULLER Gib mir, was du hast. Ich muß auch gar nichts trinken.

SIMMONS Doch, du mußt etwas trinken. Trinken ist wichtig. Es ist sehr wichtig.

MULLER Okay, Mäuseschnauze.

SIMMONS *während er ihr das Wasser in einem weißen Plastikbecher reicht* Wußtest du, daß sechzig Prozent der Leute, die Alzheimer haben, gar nicht Alzheimer haben? Das ist nur Flüssigkeitsmangel … Flüssigkeitmangel im Alter, ist dir das klar? Zu wenig Wasser im Hirn.

MULLER Und darum muß ich jetzt schnell was trinken?

SIMMONS Ja. *Sie lächeln sich an, bewegen sich aber nicht aufeinander zu.*

MULLER Wie alt bin ich, Ian? Muß man sich Sorgen um mich machen?

SIMMONS Verstehe. Verstehe … *Er schenkt sich selbst gespielt hektisch Wasser ein, trinkt alles in einem Zug aus und leert hinterher gleich noch ein Glas.* Gerade noch gut gegangen. *Lacht, wird plötzlich ernst* Weißt du, daß diese armen Teufel am Ende ihren eigenen Urin getrunken haben? Jeder hatte eine Flasche Wasser dabei, und wenn die leer war, pißte er rein. Naja, und dann tranken sie das Zeug.

MULLER Sind sie daran gestorben?

SIMMONS Sicher nicht. Wenn man an Pisse sterben würde, wär' schon halb Indien tot. *Pause.* Großer Gott, das wär' ja was: Halb Indien tot …

MULLER Ian!

SIMMONS Rechne das mal auf Großbritannien um. Verstehst du? Verstehst du? Und die Pakis gleich mit. Verstehst du?

MULLER Ja. *Pause.* Wirst du sie sehen können?

SIMMONS Müssen.

Muller Ich könnte das nicht.
Simmons Ich kann das auch nicht.
Muller Und dann?
Simmons Dann sag' ich was.
Muller *Pause* Weißt du schon, was du sagen wirst?
Simmons Ich sag', du sollst bei mir bleiben. *Setzt offiziellen Tonfall auf* Meine Damen, meine Herren, ich liebe diese Frau seit fünf Jahren. Ich habe ihretwegen meine Familie verlassen, ich wohne allein in einem verdammten Apartment in Soho, ich habe ein winziges Bad, die Küche ist im Wohnzimmer, und vor meinem Fenster leuchtet die ganze Nacht eine idiotische Stripteasereklame mit einer riesigen, schielenden Blondine, deren Brustwarzen wie Karussellichter blinken. Dort hänge ich seit fünf Jahren herum, allein wie ein Hund, und warte. Und warte. Seit fünf Jahren. Und seit fünf Jahren sagt meine Geliebte, sie kann sich nicht entscheiden. Sie sagt, ihr Mann sei ruhig und stark, und das mache sie ruhig und stark. Mit mir, sagt sie, sei sie aber immer nur hysterisch, weil ich ein Hysteriker bin. Und weil ich ein Hysteriker bin, ja ... habe ich vor ein paar Wochen zu ihr gesagt, ich könnte so nicht mehr weitermachen, sie muß sich endlich entscheiden. *Pause.* Seit heute früh, sechs Uhr zweiundvierzig, meine Damen und Herren, ist es also offiziell. Sie hat mir noch schnell einen runtergeholt, so, wie nur sie's kann, und dann ... hat sie erklärt, sie hätte sich gegen mich entschieden. *Pause.* Sie können jetzt Fragen stellen. *Pause.* Nein, ich werde nicht zu meiner Familie zurückkehren ... *Pause.* Nein, auf keinen Fall, ich glaube nicht, daß ich meine Frau noch liebe. *Pause.* Nein. Selbstmord kommt absolut nicht in Frage ...
Während Simmons spricht, blickt Muller aus dem Autofenster. Von Zeit zu Zeit bewegt sie den Kopf gegen die Fahrtrichtung, weil sie den Blick von Dingen, die sie draußen sieht, nicht sofort lösen kann.

SIMMONS *wieder mit normaler Stimme* Ich hab' mir überlegt, Jan... Jan, ich hab' überlegt vorhin... weißt du, diese Chinesen, ja, die müssen doch auch ... ihre Geschichten ... *fällt sich selbst ins Wort* Ich meine, wir tun immer so, wir sagen zehn da und vierzig dort, alles sehr tragisch, aber eigentlich, scheißt doch der Hund drauf, das sind eben zehn weniger, vierzig weniger, um die wir uns kümmern müssen. Und, und ... die andern da, die müssen zurück, und den Rest, den lassen wir in den Lagern verfaulen oder so, bis ihre Anträge geprüft sind, vergeht eine Ewigkeit, und dann, dann ... vor zehn Jahren, weißt du, waren es noch fünftausend, höchstens, und jetzt sind es schon über neunzigtausend, die reinwollen jedes Jahr, wir werden noch ersticken an ihnen, die sind wie Heuschrecken ... Ich mein'... verstehst du, was ich meine?

MULLER Was meinst du?

SIMMONS Wir tun so, als wären sie keine Menschen.

MULLER Du kriegst Mitleid.

SIMMONS Ja.

MULLER Nein. Das ist kein Mitleid, Ian.

SIMMONS Nein?

MULLER Nein.

SIMMONS Nein?

MULLER Das ist Selbstmitleid.

SIMMONS Nein.

MULLER *Pause* Was wirst du also sagen?

SIMMONS Ich glaube ... ich ... ich werd' erst mit Jack telefonieren.

MULLER Und was wird Jack sagen?

SIMMONS Red über die Gesetze. Jack wird sagen: Du mußt über die Gesetze reden. Jack sagt immer, daß man über die Gesetze reden soll.

MULLER Das macht ihr doch schon seit Jahren.

SIMMONS Ja.

MULLER Du und Jack. Du und dein Politkommissar.

SIMMONS Sehr witzig.

MULLER Was ist er denn?

SIMMONS Du hast recht. Jeder in der Regierung sollte seinen Jack haben ... Jack ist ein Genie.

MULLER Ja.

SIMMONS Ein stilles Genie. Und sehr bescheiden. Der wird nie zum Problem. Nie. Dem reicht, was er hat ... was er ist. Ein Phänomen, dieser Junge, unbenommen. *Pause.* Wo soll ich dich raussetzen? Wenn du willst, fahr' ich dich noch rein nach Croydon. Ist ... kein Umweg. Wir müssen erst um elf in Dover sein.

MULLER Nein. Laß mich in Summer Lane raus. Ich nehm' dort den Zug.

SIMMONS Sicher?

MULLER Ja. Ja!

Sie schweigen eine Weile.

SIMMONS Ich werd' Jack nicht anrufen. *Klopft sich mit dem Zeigefinger an die Stirn* Es ist schon alles hier drin. Ich werd' ... ich ... ich werd' sagen, so wie ich es sehe, können solche Tragödien nur vermieden werden, wenn wir ...

MULLER *gleichzeitig mit »wenn wir«* Wenn wir die Gesetze ändern?

SIMMONS Wer rein will, sagt es vorher. Er geht zur Botschaft und sagt, das und das will ich. Und dann sehen wir, was wir für ihn tun können.

MULLER Oder auch nicht.

SIMMONS *lacht gemein* Oder auch nicht ... *Pause; danach ernst* Wirst du es ihm sagen?

MULLER *Pause* Nein.

Sie schweigen eine Weile.

SIMMONS *während er aus dem Fenster sieht* Du darfst es ihm nicht sagen.

MULLER Nein.

Simmons Nein.
Muller Warum nicht? Hast du Angst um dich selbst?
Simmons Jan … Du willst doch endlich deinen Frieden haben, oder nicht?
Muller Ja.
Simmons Na siehst du …
Sie schweigen wieder eine Weile.
Simmons Wirst du zu mir zurückkommen?
Muller Ich liebe dich, Mäuseschnauze …
Simmons Wirst du?
Muller Ich liebe dich.
Sie schweigen noch eine Weile, berühren oder umarmen sich bis zum Schluß der Szene nicht.

14. Szene

Im Lastwagencontainer. Wang und Khai stehen dicht nebeneinander, ihre Gesichter berühren sich fast. Lu und Cheng sitzen oder liegen mit dem Rücken zu uns. Von Zeit zu Zeit klopft Lu schwach gegen die Containerwand, und Cheng hindert ihn jedesmal daran, weiterzumachen. Wang und Khai sprechen leise miteinander.

Khai *flüstert* Überleg doch mal. Überleg mal … das, das … das ist unsere einzige Chance …
Wang Nein.
Khai Doch. Überleg mal …
Wang Laß mich in Ruhe. Ja? Laß mich in Ruhe …
Khai Seit w-w-wann … seit, seit wann bist du so …
Wang Nein!
Khai … so m-m-moralisch?

WANG Alles eine Schwanzfrage, Lotosblüte. Ich weiß, wo mein Schwanz reingehört, also weiß ich, was richtig und was falsch ist. Auch sonst.

KHAI *lacht* Auch sonst?

WANG Auch sonst.

KHAI Das hab' ich anders gehört.

WANG Dann hast du's eben anders gehört.

KHAI Hab' ich … nur Lügen gehört?

WANG Kommt auf die Perspektive an …

KHAI Der Mann, der … der … Mann, der nicht gefickt werden will?

WANG Der Mann, der nicht gefickt werden will. Genau. *Pause*

KHAI Die Engländer werden uns ficken.

WANG Das werden sie nicht – weil sie uns nicht finden.

KHAI Wenn die uns nicht f-f-finden, dann f-f-findet uns überhaupt keiner mehr.

WANG Du bist ja schon genauso hysterisch wie Lu.

KHAI Ich bin nicht …

WANG *gleichzeitig mit »nicht«* Du bist genauso …

KHAI *gleichzeitig mit »genauso«* Wird es weniger? Hast du vorhin doch selbst gesagt … Hast du's g-g-ge … sagt? Wird es weniger?

WANG Was wird weniger?

KHAI Du weißt … was.

WANG Wir sind gleich da. Es dauert nicht mehr … höchstens, also … höchstens *er sieht auf seine Uhr,* höchstens noch … Ich hab' vorhin auch … du hast es doch auch gehört.

KHAI Ich hab' nichts gehört. Was hab' ich gehört?

WANG Das müssen sie gewesen sein. Dieses Rumpeln – und … Stimmen. Das waren Stimmen. Wir sind schon längst durch den Zoll. Also laß mich in Ruhe … Laß mich in Ruhe.

KHAI Es wär' ganz einfach. Hörst du, Wang? Hörst du … Es

wär' echt einfach. Wir... wir müßten einfach nur einen solchen Riesenlärm machen, verstehst du ... einen solchen Lärm, daß sie uns auch wirklich hören.

WANG Und dann?

KHAI Dann finden sie uns. Dann holen sie uns hier raus. Dann ... dann, dann ...

WANG ... dann schicken sie uns wieder zurück!

KHAI Eben nicht. Die andern vielleicht – aber... aber uns beide nicht.

WANG Ich hör' dir nicht zu. Merkst du's? Ich hör' dir nicht zu. Es ist so, als wärst du gar nicht da.

KHAI Wir sagen den Engländern, daß wir für sie arbeiten werden. Verstehst du? Wir sagen, ihr laßt uns rein und wir... wir, wir, wir...

WANG Wir?

KHAI Du läßt mich mitmachen. Du sagst Cao, daß ich ...

WANG *gleichzeitig mit »daß ich«* Mann, ich glaub's nicht! Dir haben sie im Gefängnis echt das Hirn aus dem Kopf gefickt! Sie haben dich halbtot gefickt im Knast. Sie haben dich so gefickt, daß du ... du ... du bist echt nicht mehr ganz richtig!

KHAI Mein Herz vielleicht ... Mein Herz haben sie kaputtgefickt. Der Kopf ist noch ganz okay.

WANG Ein Okay-Kopf denkt sich nicht einen solchen Scheiß aus!

KHAI Nein. *Pause.* Doch. G-g-gerade. Es ist die einzige Chance, die wir haben.

WANG Hör zu, du hinterhältige Schwuchtel: Das ist Familie. Ich häng' doch nicht ... ich häng nicht die Familie hin ...

KHAI Das mußt du doch gar nicht.

WANG *Pause* Natürlich. *Pause.* Der Cousin meines Vaters ... der wär' als erster dran.

KHAI Dao?

WANG Ja. Dao. *Pause.* Und Ling. Dein Ling.

KHAI Mein Ling. Ja ... Nein. *Pause.* Die beiden ... die beiden wären Teil des ... Die beiden wären Teil des Geschäfts. *Pause*

WANG Als du gar nicht geredet hast, warst du mir lieber, Lotosblüte. Drei Monate lang hast du nicht geredet. Und jetzt ... jetzt redest du so einen Scheiß. Du redest Scheiße, Mann, verstehst du? Scheiße. Sing lieber was. Sing wieder was.

KHAI *singt nicht* I am he as you are he as we are and we are all ...

WANG Du stehst auf Lennon, was? Bestimmt stehst du auf Lennon. Ihr Künstlertypen steht alle auf Lennon. Nickelbrille, Bart, Yoko Ono. Yoko Ono mit ihrem Hängearsch und Titten wie Pfannkuchen. McCartney ist euch zu schmierig. Zu, zu ... zu kitschig. Zu kitschig, stimmt's? *Fällt sich selbst ins Wort, wird laut und wütend* Was für ein Geschäft ...?! Geschäft, Geschäft! Du weißt überhaupt nicht ... weißt du, mit wem du es zu tun hast? Mit wem wir es zu tun haben? Zu tun, zu tun ... hätten?! Weißt du, was die machen mit uns, wenn sie uns draufkommen? Weißt du das?

KHAI Was machen sie mit uns?

WANG Ich erzähl' dir mal was, Lotosblüte, okay? Ich erzähl' dir was. Ich erzähl' dir, was die Schlangenköpfe machen mit Leuten, die nicht zu ihnen gehören. Und wir würden nicht mehr zu ihnen gehören. Wir würden dann zu den Engländern gehören. Wir würden zu den Engländern gehören, aber ... aber ...

KHAI Was machen sie?

WANG Zuerst ... schicken sie dir drei Patronen ...

KHAI *kichert* Drei Patronen?

WANG Lach nicht so blöd. Ja. Ja ... Sie schicken dir drei Patronen, und dann ... wenn du immer noch Ärger machst, wenn du ... dann, dann ... es kommt einer vorbei, und der hat einen Hammer, okay? Einen scheißnormalen Hammer. Der hat einen Hammer, und er sagt, hier, das und das und folgendermaßen, und jetzt leg mal deine Hand hier auf den Tisch, und du sagst, o nein, o nein, ich werd' keinen Ärger mehr machen, echt nicht, ich schwör's, ich, ich, ich … ich zahl' euch das Geld, ich red' mit keinem darüber, und ich steig' auch nicht aus, wirklich … wirklich! *Er schnappt nach Luft und atmet dann mehrmals langsam ein und aus. Ab jetzt spricht er langsamer, man merkt, wie erschöpft er ist.* Also … du jammerst und winselst und schwörst ein bißchen vor dich hin, und dann sagt der Typ mit dem Hammer, in Ordnung, ich glaub' dir, und jetzt leg deine Hand trotzdem hierher, und dann haut er mit dem Hammer so drauf, als wollte er irgendwo einen riesigen Nagel reinrammen, und dann sagt er: Das … das … *Pause* … das war zur Erinnerung. Immer, sagt er, wenn du deine Finger anschaust ab heute, weißt du Bescheid, und wenn nicht, komm' ich nicht mehr mit dem Hammer, ich komm' mit etwas ander'm vorbei, ich komm, und wenn ich weggeh', ist es dir egal, ob deine Finger Mus sind oder nicht, dir ist dann alles egal, weil es dich dann nämlich gar nicht mehr gibt, weil du dann weg bist, kapiert, und deine Eltern, die werden auf dein Grab spucken, sie spucken auf dein Grab und denken, so dumm war unser Sohn, so dumm war er, daß er sich mit den Shetou angelegt hat, nein, wenn er so dumm war, kann er gar nicht unser Sohn gewesen sein. *Pause* Verstehst du?

KHAI Wenn sie uns draufkommen, gibt's k-k-keine k-k-kindischen Patronenpakete. Und die Fingerchen, die … b-b-bleiben auch … heil … Wenn sie uns draufkommen, gibt's gleich Stufe drei.

WANG Du hast es erfaßt, mein Kleiner.

KHAI Gleich Stufe drei. Bum! Wum! Zoom! *Pause.* Von wem weißt du das alles … ich mein', so genau? Von Dao …?

Hat Dao dir das erzählt? Macht Onkelchen Dao solche Sachen?

WANG Vielleicht. Aber vielleicht auch Brüderchen Ling ...

KHAI Nein.

WANG *Pause* Ich weiß noch viel mehr.

KHAI *atmet ebenfalls immer schwerer* Das interessiert ... das ... das ...

WANG Einmal haben sie welche Lose ziehen lassen. Vier Typen, ja, vier Typen, seit Monaten in einer Wohnung, an die Heizung gekettet, und das Geld von den Verwandten kommt und kommt nicht, und da ...

KHAI Es interessiert mich nicht!

WANG ... und da wurde ihnen so langweilig, daß sie gesagt haben ... Sie haben gesagt, jeder von euch zieht ein Los und der mit der Niete, der wird ... umgelegt.

Pause

KHAI Das ist ein Film ... das ist ein Scheißfilm, was du mir da erzählst.

Pause

WANG Nein.

Pause

KHAI Und wenn schon. Und wenn schon ... Wir haben trotzdem keine andere Wahl. *Pause.* Wang! Wang. Ich will hier drin nicht eingehen! Ganz einfach ... Willst du das? Willst du hier eingehen wie ... wie ... so ein ...

WANG *gleichzeitig mit »so ein«* Warst du immer schon so?

KHAI Wie ... so?

WANG So ...

KHAI Nein.

WANG Du weißt gar nicht, was ich sagen wollte.

KHAI Doch. Ich weiß genau, was du sagen wolltest. *Pause.* Lu ... Lu, sag' ich dir. Wenn Lu erfährt, daß du und Dao und Cao ... daß die dich schon zu Hause ... und Herr

Giung auch ... Du weißt ... *Pause.* Du weißt von Lus Bruder? Wenn Lu erfährt, daß du dazugehörst, können dir auch keine Engländer mehr helfen ... *Pause.*

WANG Genau das wollte ich sagen.

KHAI Ja. Ja. Ja ... *Pause.* Na und? Ich will eben auch nicht mehr gefickt werden. Das ist doch in Ordnung! Ist das nicht in Ordnung ...? Es ist in Ordnung.

Pause

KHAI Ich hab', weißt du ... ich hab' lange genug alles abgekriegt, ich hab' ... Ling hat mich gehaßt dafür, daß ich nie Ruhe gegeben hab'. Und jetzt will ich Ruhe geben, aber ... aber ... ich will auch was von der Ruhe haben. *Er greift in die Hosentasche und holt ein Reiseamulett heraus, einen kleinen Stoffbeutel.* Siehst du ... den, d-d-den da hat mir Ling geschickt. Den hat er auf seiner Reise dabeigehabt. Der hat ihm Glück gebracht. Und mir bringt er jetzt auch Glück. Und Ruhe.

WANG *nimmt das Reiseamulett, läßt es durch die Finger gleiten und gibt es Khai zurück* So ein Scheiß. Wer glaubt denn noch an so einen Scheiß!

KHAI *hält ihm das Kettchen hin, das er am Hals trägt und an dem unter anderem der Heilige Christophorus hängt* D-d-doppelt hält besser ... Siehst du? Siehst du ...? *Denkt nach* Gut ... du läßt mich mitmachen, Wang. Okay, Wang? Okay? *Pause.* Wang!

Pause

WANG Nein.

Pause

KHAI Doch ...

WANG Nein!

KHAI Doch.

Pause

KHAI D-d-doch ...

Pause

WANG Du hast Lus Geld, Lotosblüte. Ich hab' dich gesehen ... Du hast das ganze Geld.

KHAI Nein.

WANG Du hast es.

KHAI Nein.

Pause

WANG Und jetzt laß mich mit deinem Scheiß in Ruhe. Laß mich in Ruhe ... Laß mich in Ruhe, du beschissene kleine Verräterschwuchtel ...

15. Szene

Im Lastwagencontainer. Khai, Wang und Lu sind mit ihren Kräften am Ende. Sie lehnen – einer oder zwei von ihnen nackt bis auf die Unterhosen – erschöpft aneinander und stützen sich gegenseitig. Später im Verlauf der Szene kämpft sich Lu zwischen den übrigen blinden Passagieren zu der Trennwand vor, die von den Schleppern zur Tarnung in den Container eingebaut wurde, er stemmt sich gegen sie, tritt torkelnd gegen sie. Die anderen versuchen kurz, ihn zurückzuhalten, aber sie sind so schwach, daß sie es schnell aufgeben. Er hört, nachdem er mit seinen Bemühungen keinen Erfolg hat, von selbst wieder auf und schwankt an seinen Platz zurück. – Wir sehen Khai, Wang und Lu meist nur von hinten oder von der Seite; die drei verschmelzen in der Dunkelheit nahezu mit dem Rest der Gruppe. Cheng ist in dasselbe phantastische Licht getaucht wie vorher Khai und Lu bei ihren Monologen. Er kniet vor Wu, seiner früheren Freundin aus Kiang. Sie ist im Gegensatz zu allen anderen im Container vollständig angezogen. Er drückt seinen Kopf gegen ihren Bauch, sie streichelt ihn. Irgendwann reißt sich Cheng von ihr los, er stößt sie fast grob zurück. Sie bleibt mit hängenden Armen stehen, ohne sich zu bewegen.

CHENG Nein, nein. Nein ... Nein! Laß mich, bitte! Laß mich! Es ist zu spät, Wu. Es ist zu spät ... Und ich hab' dich nicht ernstgenommen! Warum hab' ich dich nicht ernstgenommen? Hätt' ich dich ernstnehmen sollen? Hätte das was geändert? *Er blickt zu ihr herüber; sie schüttelt kaum sichtbar den Kopf.* Du hast mir immer diese Geschichte erzählt, weißt du noch? Ich hab' sie nicht verstanden ... Doch, erinner' dich, du mußt dich erinnern ... Du hast mir von Tschou und Liang erzählt, du hast mir erzählt, wie sie in die Schule ging, obwohl sie's nicht durfte, wie sie als Junge verkleidet mit den andern lernte und Sport machte und tanzte, und Liang ... das hat dir so gut gefallen ... er ... er freundet sich mit ihr an, und weil sie es ihrem Vater versprochen hat, darf sie ihm nicht die Wahrheit sagen. Genau. Genau: Sie ist ein Mädchen und er ist ein Junge, aber das weiß er nicht, daß sie ein Mädchen ist, und darum ... darum, darum weiß er nicht, daß sie ihn liebt ... und auch nicht, daß er sie liebt ... Und das, Wu, dachte ich immer, das war es, was du mir sagen wolltest. Ja. *Er macht die Augen zu und lächelt.* Ja ... Du sagtest, mach die Augen zu und stell sie dir auf einer schmalen Hängebrücke hoch über einem Bergfluß vor. Und dann mußte ich mir vorstellen, wie die beiden sich dort auf dieser Brücke verabschieden, weil Tschou nach drei Jahren Peking in die Provinz zurück muß, um einen reichen alten Mann zu heiraten, und plötzlich tut sie so, als würde sie das Gleichgewicht verlieren, sie schwankt und schreit auf, und Liang dreht sich um und gibt ihr die Hand und hilft ihr rüberzugehen, aber danach weiß er noch immer nicht, was los ist. Und dann, weißt du noch, dann ... sie gehen an einem Brunnen vorbei ... Sie ... sie sehen zwei Tauben und das Blitzen ihrer

Schnäbel in der Sonne. Zwei Fische, die Seite an Seite planschen. Einen Tempel, in dem gerade eine Hochzeit gefeiert wird ... Stell dir das alles vor, hast du gesagt, und stell dir vor, daß Liang noch immer nichts versteht. Erst als sie ihm aus der Ferne winkt, lange, nachdem sie sich für immer verabschiedet haben, geht ihm ein Licht auf, aber da ist es zu spät. Aber da ist es zu spät, Wu ... Aber da ist es zu spät – so hast du immer gesagt, und ich dachte, du redest von uns, und du hast ja auch von uns geredet, aber du hast es anders gemeint. Darum habe ich dich nie verstanden, verstehst du? *Pause.* Was ist das für eine Freiheit? Ist das deine Freiheit? *Er beginnt zu weinen.* Ist meine Freiheit besser? Ich ... das weißt du, ich wollte ... ich mußte diesen Irren loswerden, der noch immer jeden Tag davon redet, wie sie damals die Kuomintang aus dem Land gejagt haben, und ... er glaubt ja auch, morgen fallen wir alle tot um vor Hunger, wirklich, er lebt immer noch im Jahr '49 ... Und mich haßt er dafür, daß ich auf seine Geschichten pfeife! Habe ich dir das nie erzählt? Tu nicht so, bitte ... ich hab' dir immer alles erzählt. Nein? Ja. Ja ... Das ... hör zu ... *er kontrolliert sein Schluchzen* ... das war deine Jugend, hab' ich zu ihm gesagt. Ja, zum Beispiel, also genau das habe ich zu ihm gesagt, als ich ihnen sagte, daß ich weggehen will ... es ist deine Jugend, Papa, und meine Jugend ist meine Jugend, und dadurch ist sie nicht falscher. Aber er hat mich nicht verstanden. Wär' ja auch egal. Aber ... ich meine, hört man darum auf, mit seinem Sohn zu reden? Er hat, ja ... er hat ... aufgehört mit mir zu reden, und ich wußte, wär' ich nicht sein Sohn, würde er mir etwas anhängen, er würde mich nicht bloß ignorieren, er würde seine Leute bei der Parteileitung anrufen, und dann würde das ganz schnell gehen, dann wär' ich weg, so wie Khai ... Nein, Khai kennst du nicht, mein Schätzchen, Khai ist ein Junge aus Fujian. Es sind fast alle von dort, mit denen ich unterwegs bin, und Khai, ja, der hat es richtig schlimm

abgekriegt. Der hat jetzt einen echten Dachschaden, ich sag's dir, das habe ich noch nie gesehen, mal ist er normal, aber meistens … Seit wir losgefahren sind, gab es immer wieder Ärger mit ihm. Er hat … *Er sieht zu Wu herüber.* Hörst du mir überhaupt noch zu …? Wu? Wu …?
Sie hebt die Hände, streicht sich über die Wangen, fährt sich durchs Haar und senkt die Hände wieder.

CHENG Er hat manchmal diese Anfälle. Keine epileptischen Anfälle … nein. Das ist so wie bei Leuten, die im Krieg zu viele Bomben abgekriegt haben, weißt du, er zuckt und seine Haut wird rot, und so kleine, eklige Geschwüre wachsen auf seinem Gesicht, und das Theater kannst du dir vorstellen. Wir, wir … eine ganze Nacht waren wir mit ihm allein in Moskau, also bei Moskau, eine ganze Nacht mit ihm in diesem Haus, in dieser Datscha, und direkt neben uns eine Kaserne, und wir konnten nicht raus, konnten keinen Arzt holen und nichts. Drinnen unser armer Khai, draußen betrunkene russische Soldaten. Die waren jede Nacht betrunken, und dann, dann … unser Führer hat immer gesagt, ihr dürft nicht raus, wenn die euch sehen, Russenknast, Ausweisung, China, Kopf ab. *Pause.* Bloß nicht wie Khai enden, verstehst du? *Er weint wieder stärker. Hört fast abrupt auf, wischt sich die Tränen weg* Hör mal, Wu. Wu! Wär's anders gekommen, wären wir nicht bei dieser komischen Dichterlesung gewesen? Ich mein', überleg mal. Warum wolltest du eigentlich hin? Wer hatte dir davon erzählt? Überleg doch mal! Das ist wichtig. Das ist … sehr wichtig. Ich hab' schon so oft darüber nachgedacht … Du hast dich doch sonst nie für Gedichte interessiert. Hast du nicht! Hast du doch nicht, oder? Ich weiß, du warst immer ein bißchen traurig, hast du ja gesagt … Aber warum diese Lesung?! *Pause.* Dieser ekelhafte barfüßige Kerl …

WU Er war nicht ekelhaft.

CHENG Dieser ekelhafte Kerl … mit seinem beschissenen

Blumenhemd und diesem Bart, weißt du, der war so lang und gepflegt und so … so … Alles an diesem Amerikaner war so … bewußt. Die tiefe Stimme, die Witze, der Bart. Ja. Das war es, er hat … er kam mir so vor … ihre Präsidenten sind alle so, weißt du, wie Schauspieler, da sind mir unsere Wachsfiguren aus dem ZK noch tausendmal lieber. Offenbar ist auch noch der letzte vergessene Dichter dort so … so … *Er stößt angewidert durch den Mund Luft aus.* Weißt du noch, wie er hieß? *Sie schüttelt den Kopf.* Siehst du? Siehst du, jetzt haben wir ihn auch vergessen. *Sie lächelt, und er lächelt auch, wird dann wieder ernst.* Schwachsinn, natürlich haben wir ihn nicht vergessen. Ich hab' ihn nicht vergessen. Nie werd' ich's vergessen, wie du hinterher … so ein Unglück, wirklich … du hast hinterher angefangen von irgendeinem kosmischen Moment zu reden, den du gehabt hattest, aber verraten wolltest du mir nicht, was das war mit diesem kosmischen Moment, und als du es mir gesagt hast … verdammt, verdammt, verdammt! … ich hab' dich nicht ernst genommen …

WU *tritt vor* Es war so, als wäre ich für ein paar Sekunden fortgetragen worden.

CHENG Ja, das hast du gesagt.

WU Ich habe dem Amerikaner zugehört, wie er seine Gedichte vorlas. Immer, wenn der Übersetzer redete, stellte ich mir diese tiefe, melodische Stimme des Amerikaners vor, und dann kam …

CHENG Ja?

WU Dann kam diese Stelle. Er hat von einem anderen Dichter erzählt. Er hat ja immer zwischen den Gedichten Geschichten erzählt.

CHENG Die Geschichten waren besser als die Gedichte.

WU Viel besser. Weißt du noch die mit dem Vogelhaus?

CHENG Nein.

WU Der andere Dichter war ein Engländer. Er lebte vor

zweihundert Jahren. Der Amerikaner sagte, er lebte vor zweihundert Jahren, er war Engländer und er hat sich umgebracht. Das war so schön.

CHENG Dir hat es gefallen. Mir nicht.

WU Da trug es mich fort. Ich war plötzlich frei. Ich hab' plötzlich begriffen, daß die größte Freiheit, die sich ein Mensch nehmen kann, das eigene Ende ist. So viel Macht hat keiner. So viel Macht hat keiner über dich. Nur du.

CHENG *weint wieder* Erzähl mir die Vogelhaus-Geschichte! Bitte, erzähl sie mir jetzt sofort ...

WU Wenn du sie nicht mehr weißt, kann ich sie dir nicht erzählen.

CHENG Aber ich weiß sie nicht mehr.

WU Soll ich dir eine andere Geschichte erzählen? *Pause.* Weißt du noch, wie die Geschichte von Tschou und Liang zu Ende ging?

CHENG Ja klar. Klar.

WU Dann hör' zu.

CHENG Ja. Ich hör' zu.

WU *Pause* Plötzlich liebt er sie. Sie verschwindet hinter der Biegung der Straße, er sieht nur noch ihre beiden Dienerinnen, und jetzt liebt er sie. Er geht hinter ihr her. Er besucht sie zu Hause. Aber jetzt ist es zu spät.

CHENG Jetzt ist es zu spät.

WU Sie mußte ihrem Vater gehorchen. Sie hat den Alten geheiratet. Liang stirbt vor Liebe.

CHENG Das ist noch nicht alles.

WU Das ist noch nicht alles. Tschou jammert und bettelt. Ein Jahr lang. An ihrem Hochzeitstag darf sie Liang an seinem Grab besuchen. Sie trägt Weiß. Sie steigt aus ihrer Sänfte, Liangs Grab öffnet sich und verschlingt Tschou.

CHENG Verschlingt sie ...

WU Das ist im Winter. Und im Frühling tanzen zwei kleine gelbe Schmetterlinge über dem Grab.

CHENG Ich hasse dich.

WU Ich weiß.

CHENG Am liebsten hättest du dich in mein Grab gestürzt. In mein Grab!

Wu tritt zurück.

CHENG Bleib hier! Bleib hier! Antworte mir!

Wu bewegt sich nicht. Sie senkt die Arme und steht wieder teilnahmslos da im Hintergrund.

CHENG Es ging gar nicht um Geld, stimmt's? Antworte mir! Bitte! *Pause.* Es ging nicht ums Geld, das hätten dir deine Eltern sofort gegeben. *Pause.* Ich hab' sie gefragt. Ich hab' sie bei deiner Beerdigung gefragt. Wir haben darüber geredet, daß ich ins Ausland will, und, und … daß ich die Reise wegen dir verschoben habe. Und dann habe ich auch gesagt, daß du mitwolltest, aber daß sie es dir verboten haben. Weißt du, wie die mich angesehen haben? Wir haben es ihr nicht verboten, haben sie gesagt, wir wollten doch, daß sie geht, aber sie wollte nicht. Und da … da … ich hab' aufgehört zu weinen. *Weint* Ich stand an deinem Grab, und es war so, als würden meine Tränen, weißt du, wie im Fernsehen, wenn sie den Film rückwärts laufen lassen … als, als würden die Tränen wieder in mich zurückfließen, ich hab' meine Tränen so richtig aufgesaugt. Ich wollte … ich hab' dich … Wu! Wu … *weint noch stärker* Ich hasse dich! Was hast du gedacht? Hast du wirklich gedacht, wenn ich nicht vorgeh', mußt du vorgehen, und ich spring hinter dir her in die Grube, und dann sind wir Schmetterling und Schmetterling? *Pause. Cheng hört allmählich auf zu weinen.*

WU *tritt vor und umarmt Cheng, der sich kurz gegen ihre Berührungen wehrt* Cheng, mein Liebling, mein Herz …

CHENG Nein. Nein. Wie kannst du das sagen? Wie … kann ich das noch hören wollen?

WU Du bist längst auf dem Sprung.

CHENG Nein.

Wu Hast du die Wahl?

Cheng Und wenn ich sie hätte …

Wu Du hast sie nicht.

Cheng *drückt sie für einen Moment weg* Es … es … Ein paar Minuten … Es sind nur noch ein paar Minuten … *spricht atemlos und schwitzt stark* … Dann lassen sie uns weiterfahren, und dann … Cao wartet an der nächsten Raststätte. Mount Pleasant, da kommen wir raus. Cao, ja … Cao Waidzin. Das ist bestimmt nicht sein richtiger Name. Naja, wir nennen ihn sowieso nur die Hühnerfotze. Ehrlich gesagt … *stockt* … ich weiß gar nicht, warum … Warum? *Lacht* Ach so, ja, das war … wir mußten in Chust, das war in der Ukraine, da waren wir auf einem Bauernhof, und wir haben unsere Hühner gehabt, also, es waren nicht direkt unsere Hühner, weißt du, aber … wie, wie … Wie war das noch? Khai war's, genau! Der hat eines Morgens, als er die Hühner füttern wollte … Nein, nicht Khai. Wang. Wang war's. *Pause.* Ich weiß! Cheng war's. Cheng …

Wu Du bist Cheng.

Cheng Ich bin Cheng. Richtig. Das war ich. Ich hab' ihn mit den Hühnern gesehen … Und dieses Schwein, dieser Gangster, der hat nie ein nettes Wort rausgebracht, weißt du, der hat uns immer nur angeschrien oder beschimpft … oder … er hat uns ignoriert … Also, da seh' ich ihn, mit so einem großen fetten Hahn, und es geht immer: »Ja, mein Blümchen! Super, mein Blümchen!«, und dabei fickt er diesen armen Hahn in den Arsch. Das gibt's doch … *lacht noch lauter und hysterischer* … das gibt's doch gar nicht! Oder hast du …

Wu *gleichzeitig mit »hast du«* Du mußt dich beruhigen.

Cheng Warum?

Wu Bitte, beruhige dich. Du bekommst kaum noch Luft. Wenn du dich beruhigst, dauert es etwas länger.

Cheng Ja.

WU Ja.
CHENG Ja …
WU So ist es gut.
CHENG *atmet ruhiger, während sie ihn streichelt, dann aber reißt er sich plötzlich von ihr los* Hör auf! Hör doch auf! Dir … dir kann es doch nicht schnell genug gehen!
WU Ich denke, was du denkst.
CHENG Wenn ich die Wahl hätte, denke ich …
WU … würdest du nicht springen.
CHENG Nein.
WU Du würdest deine Freiheit wählen.
CHENG Ja.
WU Nicht meine Freiheit.
CHENG Nein.
WU Aber du hast keine Wahl.
CHENG Nein. Wahrscheinlich nicht.
Pause
WU UND CHENG *gleichzeitig* Die Vogelhausgeschichte!
CHENG Die Vogelhausgeschichte …
WU Sie fällt dir wieder ein.
CHENG *müde* Ja. Erzähl sie mir.
WU Einmal war der Amerikaner in Japan.
CHENG Genau.
WU Eine alte Dichterin lud ihn in ihr Vogelhaus ein, und in der Nacht davor träumte er von tausend Vögeln. Der Traum wurde das Gedicht, das er uns hinterher vorlas.
CHENG Genau.
WU Die Wirklichkeit war aber anders. Im Vogelhaus lebte nur ein einziger Vogel. Die Dichterin öffnete die Tür, und der Vogel flog raus.
CHENG Er setzte sich dem Amerikaner auf den Kopf.
WU Es hatte noch nie vorher ein Vogel auf meinem Kopf gesessen, hat er gesagt.
CHENG *Pause* Da fehlt noch was.

Wu Da fehlt was ...
Cheng Was?
Wu Weißt du's nicht mehr?
Cheng Nein.
Wu Dann weiß ich's auch nicht.
Cheng Doch. Doch ...
Wu Nein. Du mußt dich erinnern. Erinner' dich.
Cheng antwortet nicht.
Wu Bitte, erinnere dich!
Cheng wird ohnmächtig und rutscht an dem Knäuel, das Lu, Khai und Wang bilden, entlang zu Boden. Wu beugt sich über ihn, sie versucht ihn hochzuziehen, schafft es aber nicht. Sie bemüht sich trotzdem lange, sie bemüht sich verzweifelt, sie will, daß er aufsteht, daß er zu Bewußtsein kommt, daß er lebt. Schließlich gibt sie auf. Sie tritt zurück und verschwindet in der Dunkelheit. Kurz darauf tritt sie wieder vor, sie öffnet die Hand und zwei gelbe Schmetterlinge fliegen aus ihrer Hand.
Wu Wir mußten lachen, mein Liebling. Wir haben gelacht ... Weißt du wirklich nicht mehr, warum wir gelacht haben ...? Ich ... ich weiß auch nicht mehr, worüber wir so schön gelacht haben.

16. Szene

In einem schönen alten Jugendstil-Straßencafé in Brüssel. Lu und Wang sitzen innen, an weit geöffneten Terrassentüren. Während sie miteinander reden, sehen sie sich die meiste Zeit nicht an, sondern beobachten das Treiben draußen. Man hört Stimmen vorbeigehender Passanten, den Lärm einer Straßenreinigungsmaschine, vielleicht auch eine Indio-Straßenmusi-

kerband. Auf dem Tisch, auf dem Boden, auf den nicht besetzten Stühlen neben ihnen liegen Einkaufstüten. Die beiden sind sommerlich angezogen. So gelöst und zufrieden haben wir sie noch nicht erlebt.

LU Ich hab' vier gekauft. Also zwölf. Ja? *Pause.* Ja? Vier Pakete. Vier waren umsonst. Vier T-Shirts. Bezahlt hab' ich acht. Das sind … das … das …

WANG Die runden oder die andern?

LU Welche andern?

WANG V-Neck.

LU V-Neck?

WANG V-Neck … Sieht aus wie … *Hebt die Hand, macht das Victory-Zeichen dicht vor seinem Gesicht* Siehst du? Victory Neck.

LU Was sieht so aus?

WANG Der Ausschnitt … *spricht in übertrieben ironischem Tonfall* Ausschnitt, klar? Du weißt, was ein Ausschnitt ist? Das ist da, wo man den Kopf durchsteckt.

LU Und der sieht so aus? *Er macht, so wie Wang, das Victory-Zeichen dicht vor seinem Gesicht.*

WANG Genau.

LU Warum?

WANG Wie – warum?

LU Warum …

WANG Weil's besser aussieht.

LU Hmmm.

WANG Verstehst du nicht?

LU Doch. Versteh' ich. *Pause.* Ich versteh' bloß nicht, warum ich immer der letzte bin.

WANG Was …?

LU Der letzte. Ihr wißt immer alle vorher Bescheid. Ihr wißt, das sieht gut aus … das muß man haben. Und nicht das oder das …

WANG Das ist nicht dein Ernst, oder?

LU *Pause* Hast du mal überlegt… überleg mal… hast du überlegt, warum was… gut aussieht?

Wang zuckt mit den Schultern.

LU Weil es neu ist?

WANG Ja. *Pause.* Nein.

LU Weil es anders ist?

WANG Vielleicht.

LU Es könnte aber auch anders und beschissen sein.

WANG Das könnt's sein.

LU Überleg mal von der anderen Seite: Diese T-Shirts, ja… Levi's-T-Shirts, das sind doch die besten T-Shirts, die es gibt. Ja?

WANG *zögerlich, leicht überheblich* Ja-a…

LU Überleg mal: Warum machen die… überleg mal… warum machen die, die… die, sagen wir, '92, nein, '93… warum machen die '93 welche mit rundem Auschnitt, ja? Ja? Und '98 welche mit diesem Victory-Neck? Warum machen die nicht gleich welche mit Victory-Neck? Warum nicht schon '92 die machen, die die schönsten sind. Verstehst du?

WANG Versteh' ich.

LU Verstehst du nicht! Weil… weil sie es selbst nicht wissen! Weil sie selbst nicht wissen, welche die schönsten sind.

Während sie sprechen, kommt Cheng herein. Er setzt sich wortlos hin und hört ihnen zu. Er raucht, und nach jeder Zigarette steckt er sich sofort wieder eine neue an.

WANG Die mit dem V-Neck sind Klassiker. V-Neck gleich Victory-Neck, ist doch logisch. Und als die Engländer hier damals den Krieg gewonnen haben, haben die… also… wie soll ich dir das… Hör zu… Die haben so gemacht. *Macht das Victory-Zeichen* Siehst du? *Vee… Vee…* für Victory. Und dann haben sie diese T- Shirts gemacht.

LU Na und?

WANG Naja … vielleicht … Vielleicht finden sie die wegen des Kriegs schön. Weil sie den gewonnen haben. Weil sie damals so glücklich waren.

LU Und warum findest du die jetzt schön? Ich mein' – du? Und jetzt …? Warum finden alle andern die schön? Und warum weiß ich nicht einmal, daß es überhaupt solche und solche gibt?

WANG Willst du nicht nachsehen? Vielleicht sind's ja die richtigen.

LU Nein.

WANG Nein?

LU Ich will es nicht wissen.

WANG Ach, mein Baby …

LU *Pause* Papa …

WANG Ja?

LU *Pause* Welche hast du gekauft? Du hast doch auch welche gekauft …

Wang zuckt entschuldigend mit den Achseln.

LU Levi's? Du hast die von Levi's gekauft?

Wang antwortet nicht.

LU Nein?

WANG Nein.

LU Siehst du?! Siehst du, siehst du, siehst du?! Ich hab's einfach nicht raus … Ich … Welche hast du gekauft?

WANG Hanes.

LU Hanes? Wieso Hanes? Wie … so? Woher weißt du, daß du Hanes kaufen mußt?

WANG Das weiß ich eben. *Pause.* Das weiß man eben.

CHENG Er hat sie bei jemandem andern gesehen … Man sieht die Sachen immer zuerst bei jemandem andern.

WANG Nein.

CHENG Doch.

LU Aber … aber … Hört mal, einer muß doch … es muß doch einen geben … Einer muß doch der erste sein!

CHENG Jaja, verschlungen sind die Wege ins Paradies des Kapitalismus!

WANG Drum leuchte uns auf den Weg, rote Laterne, und wir folgen dir!

CHENG Oder wie sagte schon die revolutionäre Genossin, die Waffenschwester, Schülerin und Ehefrau des Großen Steuermannes Mao, Madame Mao? Das Volk mit guten Jeans zu versorgen ist lehrreicher, als es hundertmal eine Parteilosung wiederholen zu lassen!

LU *zögerlich, fragend* Das Warennetz der Kapitalistischen Diktatur umspannt ... Erde und Himmel?

Alle drei lachen.

WANG Genau das tut es!

CHENG Genau.

LU *zufrieden* Genau ...

Pause

WANG *wieder ernst* Vielleicht bin ich ja der erste.

CHENG Der erste?

WANG Also für mich bin ich der erste.

LU Für mich bist du auf jeden Fall der erste. *Pause.* Was hast du noch gekauft?

CHENG Ihr meint es wirklich ernst ...

WANG Es gibt jetzt so ... dunkle Jeans. Bei GAP. GAP... *zu Lu* Hast du den riesigen GAP-Laden gleich hinter der Börse nicht gesehen? *Lu schüttelt den Kopf.* Und dann hatten die ... Hemden, weißt du, die ... also ganz eng. Die Sweatshirts auch. Und dann war ich noch ...

CHENG *gleichzeitig mit »noch«* Wir können sowieso nichts mitnehmen ...

LU Das stimmt nicht!

CHENG Mann, Mann, Mann ... Mann!

LU *zu Wang* Das stimmt doch nicht?

CHENG Du hast nicht zugehört. Du hörst nie zu ... Wir können nichts mitnehmen. Das hat er gesagt. Und der andere hat es auch gesagt. Sie haben gesagt, da ist so wenig Platz, daß wir nichts mitnehmen dürfen. Keine Koffer, keine Taschen – nichts. Wir werden kaum Platz zum Stehen haben. Vierzig Mann. Vierzig! Weißt du, was das heißt? Ein Lastwagen, vorne tausend Gemüsekisten, und dahinter, dahinter... wir stehen da ... wir werden uns nicht mal festhalten können ... Wir werden ... einer am andern werden wir uns anlehnen ... Und dann wollt ihr...

WANG Es geht.

LU Er hat recht ...

CHENG Wer hat recht?

LU *zu Cheng* Du hast recht.

WANG Hat er nicht. Wir ziehen die Sachen an. Wir ziehen alles an, was wir haben.

LU Soll ich zwölf T-Shirts anziehen, Papa?

WANG Nein, mein Baby. Aber fünf... oder sechs. Die andern sechs waren doch sowieso umsonst.

LU Vier.

WANG Dann eben vier.

LU Ja.

WANG Die hast du nicht bezahlt. Die kannst du ... dann ist es doch egal, wenn du die da läßt.

LU Und mein Pucci-Pullover?

WANG Dein ... was?

Er lacht. Cheng kann ebenfalls sein Lachen nicht zurückhalten.

LU Mein Pucci-Pullover. Und so ein Polohemd hab' ich auch gekauft. Rot. Mit weißen Streifen am Kragen.

WANG *lacht immer noch, versucht aber, das Lachen zu unterdrücken* Du ziehst alles an. Verstehst du? Alles ... Wenn wir erst mal drin sind, ziehen wir die Sachen wieder aus. Dann ist das okay. *Zu Cheng* Oder glaubst du, Cao geht mit rein? Glaubst du, der geht mit rein und schmeißt unser Zeug raus? Glaubst du echt, der würd's dort länger als fünf

Minuten aushalten? Und sogar... sogar, wenn der mit uns reingehen würde... das Ding ist dicht, verstehst du? Das ist so dicht, da kannst du nicht mal rausspucken!

Pause

LU Ich hab' Angst.

Pause

CHENG Ich würd's nicht machen. *Raucht jetzt besonders genüßlich.*

WANG Natürlich würd'st du's nicht machen.

CHENG Und wenn sie euch dann gar nicht mitnehmen? Wenn sie euch erwischen und sagen, ihr kleinen Modetunten... ihr verdammten kleinen Modetunten, das war nicht abgemacht, ihr macht uns nur Ärger, haut bloß ab?

WANG *lächelt leicht und bedeutungsvoll* Nie. Niemals...

CHENG Du bist dir ja ganz sicher.

WANG Ja.

CHENG Ja...? Warum »ja«?

WANG Ja heißt ja.

CHENG Du bist ja cool. Du bist echt cool. Du bist... gefährlich...

WANG Was?

CHENG Deine Haare... Aber wieso sind deine Haare so uncool? Die hängen einfach nur so runter, das sind so richtig schlaffe dünne Nudelhaare. Kein Gel drin, nichts. Die müßten hochstehen, deine Haare, wie tausend glänzende Nägel... Und deine...

WANG *nervös; gleichzeitig mit »deine«* Was redest du?

CHENG Wo ist deine Knarre? Der schwarze Anzug? Hast du, hast du... hast du keine Sonnen...

LU *gleichzeitig mit »Sonnen...«* Habt ihr keine Angst?

WANG Wieso sollen wir Angst haben?

LU Ich hab' seit dem ersten Tag Angst. Seit wir losgefahren sind... Ich hatte noch nie eine solche Angst.

CHENG Angst ist das nicht.

Lu Doch, doch. Doch. Das ist … als wär' ich nicht allein … als wär' immer jemand bei mir.

Cheng *lachend* Das sind wir.

Lu *ernst* Nicht ihr … *Pause.* Ich muß mich nicht mal umdrehen nach ihm. Der ist immer da. Und immer liegt seine Hand auf meiner Brust. Ich kann überhaupt nicht mehr durchatmen, da liegt ständig diese Hand und drückt auf meinen Brustkorb. So. *Er preßt beide Hände gegen seinen Brustkorb und hechelt dabei.* Cheche-cheche-cheche …

Cheng *fast ruckartig zu Wang* Die Kuh, die man melken will, die schlachtet man nicht …? Ja?

Wang *erleichtert und schnell* Ja. *Pause; dann zögerlich, weniger enthusiastisch* Ja … genau.

Lu Cheche-cheche-cheche … Cheche-cheche …

Wang *macht ihn nach* Cheche-cheche-cheche …

Beide hecheln, dabei winden sie sich amüsiert auf ihren Stühlen. Cheng schaut peinlich berührt weg, doch dann macht er seine Zigarette aus und preßt ebenfalls die Hände gegen seinen Brustkorb.

Cheng *gespielt ängstlich* Du … du! Geist meiner Nächte! Gespenst meiner Tage! Was willst du?

Wang Buh! Buh! Buh!

Cheng Willst du meine Seele? Meine Träume? Oder vielleicht nur … mein Geld?

Wang Bataj-bajbaj! Hast du noch welches?

Cheng Natürlich nicht.

Wang Das ist gut. Dann will ich's erst recht!

Wang stürzt sich auf Cheng und greift ihm zwischen die Beine. Sie lachen.

Lu Und was ist mit mir? Ich habe auch kein Geld!

Wang und Cheng Erst recht! Erst recht!

Wang und Cheng werfen sich auf Lu, alle drei lachen und balgen sich. In dem Augenblick betritt Khai das Café. Er trägt einen völlig lächerlichen dicken, schwarzen Pelzman-

tel mit einem hohen Silberkragen und silbernen Manschetten. Khai ist ganz verschwitzt; er wirkt sehr glücklich und stolz. Cheng, Wang und Lu halten inne, und dann fangen sie wieder an zu lachen. Khai sieht sie verständnislos an.

LU Was ist das denn?

KHAI D-d-das ... das, das ... siehst du doch ...

LU Du bist ja noch blöder als ich!

KHAI Was?

LU Hast du den gekauft? Oder haben sie dir was dafür gegeben?

KHAI Was ...?

LU Was sie dir dafür gegeben haben, daß du dieses ... Ding mitnimmst ...

Khai antwortet nicht. Das erste und einzige Mal bekommt er für einen kurzen Moment etwas Tuntiges. Er zuckt beleidigt mit der Schulter und setzt sich hin. Alle vier schweigen. Schließlich greift Cheng, nachdem er eine Weile innerlich mit sich gerungen hat, nach seiner Zigarettenschachtel und bietet jedem eine Zigarette an. Sie rauchen wortlos. Wang muß ständig husten; nach wenigen Zügen drückt er seine Zigarette aus und legt sie vorsichtig auf den Aschenbecherrand. Cheng knüllt währenddessen die leere Schachtel zusammen und wirft sie in den Aschenbecher. Wenig später nimmt er sie wieder heraus und streicht sie mit großer Sorgfalt glatt.

CHENG *zu Khai* Siehst du ... Da, der Rettungsring, und hier der lachende Matrose. Ist das nicht ein schönes Bild? Ich liebe dieses Bild ... Die roten Wangen, der blonde Bart ... Ich werd' die jetzt immer rauchen. Player's. Habt ihr schon mal von denen gehört? Player's. *Er betont falsch die zweite Silbe und dehnt das »e«.* Sind ganz schön stark, was? *Zieht* Mann, so stark, mir wird ... mir ... Ist euch nicht schwindelig?

Wang und Khai schütteln den Kopf.

LU Mir ist ein bißchen schwindelig ...

CHENG Das ist gut, hm?

Lu nickt skeptisch.

CHENG *zu sich selbst* Gut ... *Er streicht noch einmal die Schachtel glatt und steckt sie in die Hemdtasche.* Ich freu' mich ja so. Ihr wißt gar nicht, wie ich mich freue. *Er nimmt die halb aufgerauchte Zigarette, die Wang übriggelassen hat, und steckt sie sich, ohne sie anzuzünden, in den Mund.*

17. Szene

Im Saal 3 des Landgerichts Dover. Der Sitzungsraum hat keine Fenster, nur Oberlicht; mehrere Neonröhren, die ganz oben an den Wänden angebracht sind, brennen. Die Wände sind hafermehlfarben tapeziert, alle Möbel sind aus lackiertem Ulmenholz. Der Leichenbeschauer Keith Armbruster sitzt an einem viel zu niedrigen Tisch seitlich vom Tisch des Vorsitzenden Frederick Kalman. Der Vorsitzende ist alt und müde. Vor Armbruster liegen in zwei Stapeln achtunddreißig dünne Gerichtsakten. Im Raum befinden sich außerdem eine Gerichtssekretärin, eventuell ein, zwei Mitarbeiter der Grafschaftspolizei, eine Handvoll Zuschauer. Armbruster blättert immer wieder durch seine Akten, offensichtlich ohne Grund. Der Vorsitzende Kalman ißt ein Sandwich, dabei liest er eine Zeitung, ›Daily Mirror‹ oder ›Sun‹. Die Klimaanlage brummt, von draußen hört man das Kreischen von Möwen.

ARMBRUSTER *räuspert sich* Sollten wir nicht weitermachen?

Kalman nickt und liest weiter. Armbruster blättert wieder in seinen Unterlagen. Nachdem der Vorsitzende das Sandwich endlich aufgegessen hat, faltet er die Zeitung zusammen. Er blickt einen Augenblick lang stumpf vor sich hin.

KALMAN Ich hasse sie ... Dieses Kreischen macht mich verrückt. Das sind doch keine Vögel.

ARMBRUSTER Wie bitte, Sir?

KALMAN Ach nichts. *Zur Sekretärin* Machen Sie das Fenster zu, meine Liebe, ja ...? Also das, was wir hier Fenster nennen. *Er blickt abwesend in Armbrusters Richtung.* Am Anfang waren es nicht so viele.

ARMBRUSTER Nein, Sir, das stimmt. Es werden immer mehr.

KALMAN Als wir hierhergekommen sind ... das war gar nichts. Da saßen höchstens ein paar unten im Hafen auf den Schiffen, und an den Piers waren auch welche. Aber in die Stadt haben die sich überhaupt nicht reingetraut.

ARMBRUSTER *unsicher* Das waren ... ehm ... Inder oder ... schon Chinesen?

KALMAN Möwen, Armbruster. Gottverdammte stinkende Möwen. Haben Sie denen mal ins Gesicht geschaut? Haben Sie schon mal so eine ... Möwe gepackt, wenn sie gerade mal wieder die Geranien auf Ihrem Balkon fertig macht? Haben Sie die schon mal gepackt und ihr in ihr freches kaltes Gesicht hineingeschaut?

ARMBRUSTER Nein, Sir.

KALMAN Das fing alles damit an, als die Leute begannen, Essen wegzuschmeißen. Früher hat hier keiner Essen weggeschmissen. Als wir herkamen, waren die Leute ... bescheidener.

ARMBRUSTER Sir, ich will nicht drängen ...

KALMAN Gleich nach dem Krieg. In London hatten wir es schwerer. In London hielten sie uns für Deutsche. Hier ... tadellos. Tadellos. *Pause.* Das sind doch keine Vögel, oder? Sehen Sie so einer Möwe ins Gesicht und Sie sehen Ihre Schwiegermutter. Oder irgend so einen verdammten keltischen Totengott. Haben Sie eine Schwiegermutter, Armbruster? *Ohne Armbrusters Antwort abzuwarten* Gut. Wieviel hatten wir, wieviel haben wir noch?

Armbruster Wir haben insgesamt achtunddreißig Individuen orientalischer Herkunft. Einer ist ja durchgekommen. Die vorläufigen Ermittlungsergebnisse beschränken sich auf die unmittelbaren Leichenfunde. Todesursache in allen Fällen: Irreversible, cerebrale Anoxia, also ein Zusammenbruch der Sauerstoffversorgung des Hirns. *Nimmt eine Mappe vom rechten Stapel* Ich fahre fort ... Nummer 28: Tod beurkundet um 4 Uhr 23, männlich, braune Hose, schwarzer Gürtel, blaue Socken, Stahlarmbanduhr am linken Handgelenk, neunundsiebzig holländische Gulden, acht belgische Francs, zwischen 18 und 30 Jahre alt. Keine besonderen Merkmale. *Legt die Mappe auf den linken Stapel, nimmt eine vom rechten Stapel. In Folge bei jeder neuen Nummer genauso weiter* Nummer 29: Tod beurkundet und 4 Uhr 31, männlich, Boxershorts, trägt eine Plastik-Armbanduhr am linken Handgelenk, zwischen 18 und 30 Jahre alt. Keine besonderen Merkmale. Nummer 30: Tod beurkundet um 5 Uhr 1. Männlich, Jeans, Stahlarmbanduhr am linken Handgelenk, goldene Halskette mit Kreuz, Herz, St. Christophorus, außerdem ein unidentifizierbarer Gegenstand ... so ein, ein kleiner Stoffbeutel, keine Ahnung, was das ist. Hinzu kommen viertausend Dollar, dreihundertfünf Rubel, sechshunderteinundfünfzig tschechische Kronen, hundertdreißig holländische Gulden ...

Kalman *der mitschreibt* Sieh einer an ... Nicht so schnell, nicht ... so ... schnell ...

Armbruster ... hundertdreißig holländische Gulden, zwischen 18 und 30 Jahre alt. Besondere Merkmale: Auf Rükken und Bauch lange, breite Narben, die von Schlägen mit einer Peitsche oder einem anderen langen, elastischen Gegenstand stammen. Außerdem ... *er stockt* ... außerdem weist der Analbereich starke Verletzungen auf, die größtenteils vernarbt sind.

Kalman schaut von seinen Akten auf und blickt Armbruster, der sich für diesen Moment unterbricht, stumm an.

ARMBRUSTER Nummer 31.

KALMAN Nummer 31 …

ARMBRUSTER Nummer 31: Tod beurkundet um 4 Uhr 4, männlich, grüne Kordhose, zwei Dollar, zwischen 18 und 30 Jahre alt. Keine besonderen Merkmale. Nummer 32: Tod beurkundet um 6 Uhr 3 … der hat's besonders lange durchgehalten … männlich, braune Kordhose, Stahlarmbanduhr am linken Handgelenk, ein Kugelschreiber mit dem Aufdruck des Brüsseler Atomiums, drei T-Shirts …

KALMAN Wie – drei T-Shirts?

ARMBRUSTER Drei T-Shirts. Übereinander … Hm … hm … ein Zettel mit einer Adresse in Groningen, eine gewisse Nanda Vleminck, Dastensstraat 23. Dann noch ein Brief, das muß Chinesisch sein, liegt noch beim Übersetzer. Überhaupt kein Geld, zwischen 18 und 30 Jahre. Keine besonderen Merkmale. Nummer 33: Tod beurkundet um 4 Uhr 23, männlich, Boxershorts, Uhr, gelbe Zahnbürste, 18 bis 30, keine Merkmale. Nummer 34: Tod um 4 Uhr 23, männlich, Slip, rote Socken, Armbanduhr, zwölf holländische Gulden, 18 bis 30, Feuermal von sechs Zentimern Durchmesser auf dem linken Unterarm. Nummer 35: Tod um 4 Uhr 53, männlich, schwarze Hose, Postkarte von der Gerrard Street in London, eine rausgerissene Seite aus einem Buch mit einem Gedicht auf Englisch, eine leere Schachtel Player's, hundertzwölf Gulden und achtzig Rubel, 18 bis 30 Jahre alt, keine besonderen Merkmale.

KALMAN Gutes Gedicht?

ARMBRUSTER Ich weiß nicht, Sir.

KALMAN Dann lesen Sie's uns mal vor.

ARMBRUSTER Sind Sie sicher, Sir?

KALMAN Bringt uns vielleicht auf andere Gedanken. *Pause.* Eine kleine Ablenkung … kann nicht schaden … jetzt.

Armbruster Vielleicht ist das hier nicht der ...

Kalman *gleichzeitig mit »der«* Doch, genau das ist es!

Armbruster *kramt betont lange in der Akte und beginnt dann widerwillig und mechanisch zu rezitieren.* Plateau. Das ist der Titel. Plateau ... *Pause.* Auch wenn der Tempel zerstört ist/bleibt der Geist zurück/Die Grenze zwischen Erde & Himmel ... hmm ... Himmel/zieht ein Vogel/Die Grenze zwischen Leben & Tod/setzt ein ... Atemzug/Die Grenze zwischen ...

Kalman *gleichzeitig mit »zwischen«* Sie können ruhig etwas überspringen!

Armbruster Hmm ... hmmmm ... Laßt ... hmmm ... Laßt aus dem Tanz den Tänzer/ausbrechen/Laßt die Wörter sich von der Seite schwingen/Nächstes Mal beginnen wir/mit einem Kopfstand. *Pause.* Das war's.

Kalman Verstehen Sie was von Gedichten, Armbruster?

Armbruster Nein, Sir, leider.

Kalman Warum »leider«? Das ist sehr klug von Ihnen. Mit Gedichten fängt alles an. Ich sag' Ihnen, ohne Gedichte ... Die Leute schwärmen sowieso schon zuviel! Man schwärmt und schwärmt so vor sich hin ... Der eine will die große Liebe, der andere eine andere Republik. Oder dann gibt's welche ... *klopft mit dem Kugelschreiber auf seine Unterlagen* ..., die denken, auf der anderen Seite der Erdkugel wär' das Leben ein Paradies! *Er wirkt zusehends abwesend.* Ich ... hasse Schwärmerei. Brrr! Wissen Sie ... wissen Sie, wie das ist, wenn ein ganzes Land ... Alle, völlig verzückt! *Pause.* Wir hätten natürlich mit ihnen schwärmen können damals. Die hatten Gedichte, diese Deutschen! Ihre Gedichte! Wir hätten, hätten ... und hätten dann wohl gedacht, das tun die nie, das sind nur ein paar wenige, das geht schnell vorbei, ja ... und hoppla, wär's um uns geschehen ...

Armbruster *ratlos* Sicher eine sehr tragische Geschichte.

KALMAN Das können Sie annehmen ... das können Sie wirklich ... *besinnt sich plötzlich und fällt sich selbst ins Wort* Nummer 35! Los ...

ARMBRUSTER 36 ...

KALMAN Genau – 36.

ARMBRUSTER Nummer 36: Tod beurkundet um 4 Uhr 15, männlich, braune Hose, karierte Socken, Stahlarmbanduhr am rechten Handgelenk, sieben holländische Gulden und zweiundachtzig belgische Francs, 18 bis 30, keine besonderen Merkmale. Nummer 37: Tod beurkundet um 4 Uhr 12, männlich, Boxershorts, goldenes Armband mit wahrscheinlich chinesischer Gravur, ein Foto ... offensichtlich Ehefrau und Kind ... schöne Frau ... genau hundert Dollar, 18 bis 30 Jahre, keine besonderen Merkmale. Und der letzte, Nummer 38: Tod beurkundet um 4 Uhr 18, männlich, Slip, Swatch, Gameboy ... 18 bis 30 ... keine besonderen Merkmale. Allerdings ... ausgesprochen groß für einen Asiaten ... *Pause.* Allgemeine Bemerkungen. Allgemeine Bemerkungen: Keiner der Toten wirkt ausgezehrt oder unterernährt. Es handelt sich ohne Ausnahme um fitte, athletische Personen. Die meisten haben lange, auffallend gut manikürte Fingernägel. Das sind, wenn ich mir die persönliche Feststellung erlauben darf, also das sind keinesfalls Leute, die in der jüngeren Vergangenheit Handarbeit verrichtet haben. Nur wenige ... nur wenige waren unrasiert. Kein Leichnam weist Indizien von Gewaltanwendung auf. Der Todeskampf allerdings ... der Todeskampf muß fürchterlich gewesen sein ... Ihre Fingerkuppen waren blutig, vermutlich vom Schlagen gegen die Containerwände, es gab auch mehrere Fälle von gebrochenen Zehen ... Sie lagen übereinander gestapelt, zum Teil auch ineinander verkeilt und verknäult. Besonders auffällig bei den Nummern 30, 32, 35, die wir kaum auseinanderbekommen haben. Zu dem Zeitpunkt kann die Todesstarre noch gar nicht richtig eingesetzt haben. *Pause.* Es war, als hätten sie den andern einfach nicht mehr loslassen wollen. *Pause.* Ja ... so weit.

KALMAN *mit glasigen Augen* Das war's, ja?

ARMBRUSTER Ja.

KALMAN Haben wir alles?

ARMBRUSTER Ja, Sir.

KALMAN *leicht verwirrt* Pässe?

ARMBRUSTER *überrascht* Natürlich nicht. Unsere Leute reisen immer ohne Pässe.

KALMAN Natürlich.

Er ist immer noch betroffen, hat sich äußerlich aber wieder gefaßt. Er blättert kurz in seinen Unterlagen, liest, blickt auf.

Und was ist mit dem einen, der es geschafft hat?

ARMBRUSTER Zur Zeit noch im Krankenhaus. Soweit mir bekannt ist, hat er noch kein Wort gesagt.

KALMAN Natürlich nicht. *Pause.* Die Staatsanwaltschaft ... naja ... die werden ihren Spaß mit ihm haben.

ARMBRUSTER Davon können Sie ausgehen, Sir. Diese Typen, die sind aus Beton. Die können ihre halbe Verwandtschaft verlieren ...

KALMAN *gleichzeitig mit »verlieren«* Es ist Angst, Armbruster.

ARMBRUSTER Das wird es wohl sein.

KALMAN Hatten Sie schon mal Angst?

Während sich Kalman und Armbruster unterhalten, entsteht im Saal leichte Unruhe.

ARMBRUSTER *zögerlich* Ja. Ja ... Selbstverständlich ...

KALMAN *Pause* Und?

ARMBRUSTER Ich ... verstehe nicht.

KALMAN Wann war das? Warum? Was war los ...? Vorher, nachher ... Sagen Sie's uns! Los ... Haben Sie gezittert? Stand Ihnen der Schweiß auf der Stirn? Ihr Magen ...

wurde Ihr Magen so heiß, daß Sie dachten, Sie verglühen gleich von innen? Haben Sie sich in die Hosen geschissen ... vor Angst? Und war Ihre Angst berechtigt? Waren Sie nah dran? *Fährt sich mit dem ausgestreckten Daumen über die Kehle* Oder haben Sie sich alles nur eingebildet? Man kann sich das ja auch einbilden ... Das, das ist dann fast schlimmer ...

Pause

ARMBRUSTER Ich weiß nicht ...

KALMAN Wenn Sie nicht wissen ... Das ist natürlich ...

ARMBRUSTER Also ... das ist schon ... Soll ich wirklich? *Pause.* Es waren vier Schwarze. Vielleicht auch fünf. *Pause.* Ich meine, gehört das wirklich hierher, Sir?

KALMAN *blickt sich im Saal um; die Unruhe wird immer größer; dann zu Armbruster* Lassen Sie sich nicht stören.

ARMBRUSTER *zögerlich* Wir ... wir sind zu zweit an ihnen vorbei. Nachts. Das war alles vollkommen harmlos ... Wir sind an ihnen vorbei, wir sind bestimmt schon hundert Yards weiter, und dann fliegen auf einmal Flaschen. Die schmeißen Flaschen nach uns, und die Flaschen gehen kaputt, und die Scherben fliegen herum, und ein paar Scherben treffen uns ... Ich glaube nicht, daß sie uns treffen wollten. Nur einschüchtern. Wir sind langsam weitergegangen. Ich hab' ... oder war's mein Freund ... wir haben gedacht, bloß nicht laufen. Wir sind ganz normal weitergegangen, ja ... Das ging so eine Ewigkeit ... Also, natürlich, mir kam es wie eine Ewigkeit vor ... Lassen Sie es fünf Minuten sein oder zehn Minuten ...

KALMAN Schwarze, ja?

ARMBRUSTER Schwarze.

KALMAN Hmm.

ARMBRUSTER Das ist ja egal.

KALMAN Und warum erwähnen Sie es dann? Muß man das ... erwähnen?

ARMBRUSTER *stockt* Aber... in unseren Berichten tun wir das doch auch. Eine Gewohnheit... Mehr nicht.

KALMAN Eine Gewohnheit. Sehr richtig. *Pause.* Nun, Gewohnheiten kann man auch ändern, nicht wahr?

Armbruster antwortet nicht. In diesem Moment hören wir wieder laut und deutlich Möwengeschrei.

KALMAN Kann man das?

ARMBRUSTER Zweifellos. Ja, das kann man.

KALMAN Dann wollen wir das jetzt üben.

ARMBRUSTER Wie bitte?

KALMAN Üben. *Pause.* Das... waren vier junge Männer. Vielleicht auch fünf. Sprechen Sie mir nach.

ARMBRUSTER Bitte, Sir!

KALMAN *immer abwesender* Vier oder fünf. Keine Schwarzen. Nein, das waren keine Schwarzen. Und wenn schon. Keine Gelben, keine Roten. Keine... keine Juden. Keine Ara... Das... Sprechen Sie mir sofort nach!

ARMBRUSTER Nein, Sir, das werde ich nicht tun.

KALMAN Keine Araber, keine Inder, keine... *hält sich plötzlich die Ohren mit beiden Händen zu*... das sind doch keine Vögel! Neinnein! Wir müssen uns die mal vornehmen... Unbedingt. Die, die... die brauchen Papiere! Die haben alle keine Papiere! Fuh! Fui! So... *er wirbelt mit den Armen durch die Luft*... so... So kommen sie angeflogen! Und dann... dann... sie sind da... und keiner... sagt was! Hier! Hier... *Er hält mit beiden Händen die Zeitung hoch, die er vorhin gelesen hat.* Warum schreiben die nichts? Warum schreibt ihr nichts?! Schreibt was über die gottverdammten Möwen! Wie sie uns die Haare vom Kopf fressen! Wie sie auf unseren Balkonen sitzen! Wie sie uns... Ach, dieser Lärm... dieser Lärm. Die sollen doch da bleiben, wo sie herkommen! Bei uns... wir...

Er bricht zusammen, und sein Kopf fällt auf den Tisch. Im Saal herrscht sofort wieder Stille. Während die Sekretärin auf Kalman zustürzt, ordnet Armbruster in Ruhe seine Papiere. Dann sieht er ihr kurz dabei zu, wie sie sich um Kalman kümmert. Schließlich steht er wortlos auf und geht, ohne sich umzublicken, hinaus.

18. Szene

Im Lastwagencontainer. Es ist zunächst stockfinster; im Lauf der Szene wird es nur unwesentlich heller. Das sehr schwache Zwielicht hat denselben phantastischen Charakter wie bei den inneren Monologen von Cheng, Lu und Khai. Wang liegt, was wir nur sehr langsam erkennen, auf den halbnackten Körpern der anderen blinden Passagiere. Die meisten sind tot; vielleicht hören wir noch ab und zu ein Röcheln, ein Kratzen, einen Schlag gegen die Containerwand. Cheng, Lu und Khai haben sich im Todeskampf zu einem Knäuel verknotet. Wang macht – offensichtlich selbstausgedachte und eher sinnlose – Atemübungen. Er hält zum Beispiel kurz die Luft an, atmet dann umso schneller mehrmals hintereinander ein und aus. Er hat eine Taschenlampe in der Hand und versucht umständlich, sie anzumachen. Nach einer Weile gelingt es ihm, doch sie funktioniert nicht, weil die Batterien längst aufgebraucht sind. Irgendwann rutscht sie ihm aus der Hand. Er hebt sie auf, verliert sie wieder, und sie fällt zwischen die Leichen. Er sucht minutenlang ohne Erfolg zwischen den leblosen Körpern nach der Taschenlampe, bis er es schließlich aufgibt. Er stöhnt auf. Dann beginnt er wieder mit seinen Atemübungen, hört aber bald wieder auf.

WANG *anfangs in kindlichem Tonfall* Mama, Mama, Mama ... Mama! Mama! Maa-ma! Mamachen ...! Mama? *Pause.* Mama, ich seh' dich nicht. Maa-ma ... Du warst doch gerade noch ... Das warst du doch? Warst du's nicht? *Pause.* Mama, weißt du was? Ich ... ich weiß gar nicht mehr, wie du aussiehst! *Pause.* Wie siehst du aus? Ich weiß, wie du deine Haare schneidest, das weiß ich. Ich weiß, du hast blaue Augen, und ich weiß, dein Mund ist genauso ein dünner Strich wie Papas Mund und mein Mund. Hm. *Pause.* Kennst du das? Sag mal! Sag mal ... Du machst die Augen zu und siehst nichts. Du willst dir ein Gesicht vorstellen – und siehst es nicht. Du hast es schon tausendmal gesehen, du denkst, du kennst es ... Nichts! Oder du machst die Augen zu und willst ein Haus sehen. Ja? Dein Haus. Oder ... oder ... viel einfacher: ein Eis. Du willst ein Eis sehen. Eine Kugel Bananeneis, das du dir im Sommer jeden Tag geholt hast. Es ist Winter, ja, und du machst die Augen zu – und du siehst das Eis nicht. Du ... siehst es einfach nicht! *Pause.* Ich muß hier die Augen gar nicht zumachen, damit ich dich nicht sehe! Siehst du? *Lacht leise* Die Leute lügen, Mama. Maa-ma! Maamaa ... Die sagen: Alles, was ihr wollt, bekommt ihr nicht, das wär' auch gar nicht gut – aber ihr könnt es euch vorstellen! Ihr habt eure Phantasie, und die Phantasie versetzt Berge! Aber das ist gelogen, Mama! Nichts kann man sich vorstellen. Ich ... *Pause.* Das hier ... hätt' ich mir das hier vorstellen können? Du weißt, sie haben uns davon erzählt. Herr Giung hat euch davon erzählt – und Onkelchen Dao, der hat mir davon erzählt. Hätt' ich mir das vorstellen können? Sag' jetzt nicht, das hier ist nichts, was man sich vorstellen möchte! Das ist doch egal! *Pause.* Das ist egal ... *Pause.* Weißt du, was ich in den letzten Minuten gedacht hatte, bevor du gekommen bist? Bevor du ... endlich gekommen bist ... Ich hab' mir vorgestellt ... *lacht leise* ... vorgestellt, ich wär' in einem

Traum von dir. Verstehst du? Also nicht: ich träume, ich träume schlecht, ich hab' einen Alptraum, aus dem ich gleich aufwachen werde, und dann ist alles gut. Das wär' viel zu einfach. Das ginge auch gar nicht. Sondern ... du träumst mich, uns ... das alles hier. Du träumst meine ganze Reise, Mama, und du fängst zu Hause an, wir sitzen in der Küche und beraten alles noch mal, und ihr sagt, ich soll, ich muß ... ich darf nicht dableiben, sonst ende ich noch in einer von diesen Nachrichtensendungen mit diesen anderen armen Teufeln, die mal wieder gefesselt und gedemütigt der Bevölkerung vorgeführt werden, bevor man sie als Volksschädlinge eliminiert. Ihr sagt, ich soll fahren, ihr schickt mich weg ... ihr schickt mich zum zweiten Mal weg, nachdem ihr mich aus Siubang weggeschickt habt zu Dao ... und dann träumst du weiter, du siehst mich in Peking auf dem Flughafen, obwohl du noch nie in Peking auf dem Flughafen warst, du siehst mich in einer russischen Eisenbahn, obwohl du noch nie in einer russischen Eisenbahn warst, du siehst mich in der Ukraine, in der Slowakei, wo du noch nie warst, und weil ich dir am Telefon davon erzählt habe, siehst du mich in Bratislava, nachts, in einer Straßenbahn. Du kannst dir die Straßenbahn unmöglich vorstellen, aber du siehst sie trotzdem, irgendwie, wahrscheinlich viel besser, als wenn du schon mal in Bratislava in einer Straßenbahn gefahren wärst, und dann sind da diese drei Jungs, von denen ich dir am Telefon erzählt habe, sie haben keine Haare auf dem Kopf, sie haben grüne Militärhosen an, ja, und schwere Stiefel. Sie reden auf mich ein, sie reden und reden, und ich verstehe kein Wort, und dann schlagen sie mir mit etwas auf den Kopf, es ist lang und schwer, und niemand hilft mir, auch der Fahrer nicht, und ich torkel' aus der Straßenbahn, und ich seh' eine lange, dünne Blutspur hinter mir. In deinem Traum ist natürlich alles viel schlimmer, als es in Wirklichkeit war, ich hatte nicht mehr als eine kleine Beule, darum hab' ich auch keinem was davon erzählt, außer dir... in deinem Traum ist alles viel schlimmer – aber du kannst es dir vorstellen! Verstehst du? Du stellst es dir vor, gerade, weil du es nicht mit eigenen Augen gesehen hast, und dann... dann, hab' ich vorhin gedacht, bevor du gekommen bist, um meinen Kopf in deinen Schoß zu legen und mich zu trösten... dann träumst du auch noch den Rest. Jeden Tag, jede Minute, in denen ich so weit weg war von dir, träumst du, und so kommst du bis zum Schluß, du kommst bis zu der Stelle, wo du selbst hier drin auftauchst, obwohl das gar nicht geht, aber es ist ja ein Traum, Mama, es ist dein Traum, und dann träumst du, daß du mich bei der Hand nimmst, du nimmst mich bei der Hand, und du führst mich durch diese enge, dunkle Konservenbüchse, wir treten auf die Hände und Köpfe meiner toten Freunde, ja, wir zertreten die Tomaten, die hier überall herumliegen, und unsere Füße werden ganz rot und matschig davon, wir stolpern über die Flaschen mit dem Pipi und Kacki, wir kämpfen uns durch diesen ganzen Gestank aus Schweiß und Scheiße, wir schieben die Kisten zur Seite, wir drücken mit einem Ruck die Trennwand raus, und dann... dann... wir denken, wir sehen schon die Ladefläche, den rettenden Lichtspalt... und dann sind wir wieder an derselben Stelle wie eine Minute vorher, wir sind wieder da, wo wir losgegangen sind. Und so geht das immer weiter, träumst du... du träumst, daß wir stundenlang, tagelang, wochenlang aus dem Container in den Container wandern, und das ist so ähnlich wie dein Traum damals in Siubang, weißt du noch, wie du in den Abgrund springst, weil du nicht mehr kannst, aber dann landest du doch wieder bei den anderen Frauen, und ihr marschiert zu den Kreidefelsen, wie jeden Morgen seit Jahr und Tag. *Pause.* Das hab' ich vorhin gedacht – bevor du gekommen bist. Und dann bist du wirklich gekommen, zum Glück. Jetzt... Mama! Maa-ma! Mama... Jetzt weiß ich bloß nicht... Wo? Wo denn...? *Pause.* Herr Giung hat gelogen, das sag' ich dir! Und Dao hat gelogen! Sie haben beide gelogen! Sie haben... weißt du, was sie gesagt haben? Dao hat gesagt, das... das... das wäre kinderleicht, das wäre wie... wenn man um die Wette taucht. Er hat gesagt, du holst einmal tief Luft, steckst den Kopf unter Wasser und zählst bis zehn, und wenn du wieder auftauchst, hast du es schon hinter dir. Er und Ling hätten das auch so gemacht, und das wäre der einfachste Teil der Reise gewesen. Und so hab' ich mir das bis zum Schluß vorgestellt. *Pause.* Willst du wissen, was er noch gesagt hat? Dao... ja, was Dao gesagt hat... *Pause.* Was hat eigentlich Herr Giung gesagt? *Pause.* M-hm... So ein Unsinn! Und ihr habt das... Habt ihr das echt geglaubt? *Pause.* Nein, ich... ich... Du würdest dir doch nur Sorgen machen. Es ist... *unterbricht sich selbst* Dann hättet ihr mich eben niemals nach Gingxi schicken sollen...! Nein, das ist keine Ausrede! Ein Kind ist ein Kind. Ich war ein halbes Kind, noch ein halbes Kind. Ich... Weißt du, was ich bis dahin kannte? Weißt du das...? Ich kannte nur das Lager, ich kannte eure Feigheit und ihren Terror, ich... kannte den Direktor, der jeden Abend am Tor stand, wenn ihr vom Kreidefelsen zurückkamt, und euch anbrüllte. »Halt! Halt! Bleibt stehen, ihr konterrevolutionäre Bande!« hat er gebrüllt. »Halt! Revolutionäres Gebet 459!« schrie er. Und ihr, ihr, ihr... habt eure Schaufeln und Spitzhacken brav hingeschmissen, habt fromm den Blick nach Osten gedreht und habt zurückgeschrien. Weißt du noch, was ihr zurückgeschrien habt, ihr Feiglinge?! Ich weiß es, auswendig weiß ich es, und ich seh' noch genau... ja, ich seh's, Mama, ich kann's mir ganz genau vorstellen, obwohl ich es so oft mit meinen eigenen Augen gesehen habe. Ich seh' deinen weit aufgerissenen Mund und Papas weit aufgerissenen Mund

und die weit aufgerissenen Münder der andern, und ihr schreit: »Mao! Großer Führer! Barmherziger Stern der Rettung! Vergib uns unsere bourgeoisen Sünden von heute! Hilf uns, den nach Unflat stinkenden Geist aus unserem kapitalistischen Schlangenkopf herauszuspülen! Dafür danken wir Dir!« Dafür danken wir Dir … Das habt ihr gesagt, jahrelang habt ihr das gesagt, Tag für Tag, und als sie euch … eh … ihr widert mich so an … eh, eh … Ich … Jetzt ist doch auch egal … Und als sie euch in der kleinen Höhle am unteren See erwischt haben … »Mein Sohn, es war die Sache des Regens und der Wolken, der sich deine Eltern hingaben, und das ist etwas sehr Schönes und Nützliches«, hat Monsieur Qin nach eurer Selbstkritik leise zu mir gesagt … Als sie euch erwischt haben und ihr danach ein Jahr lang das Lager nicht verlassen durftet, hast du mir noch erklärt, warum das in Ordnung war. »Die andern dürfen doch«, hab' ich gesagt, »und ihr dürft nicht?!« Will … willst du wissen, was du gesagt hast, Mama … was du darauf gesagt hast? »Scht! Scht!«, hast du gesagt, »deine rechten Ideen, woher nimmst du die? Du kannst uns doch nicht mit den Revolutionären vergleichen, wir sind Schlangengezücht, wir sind die Skorpione an der Brust der Revolution, wir müssen zuerst unser Gift abtropfen lassen, bevor wir uns weitervermehren.« Bevor wir uns weitervermehren …! Mama, das … das hast du mir ins Gesicht gesagt … Dabei war ich doch euer Samen und euer Ei, euer Blut und euer Speichel … *schluchzt, faßt sich wieder.* Sei … Seite 45 des Kleinen Roten Buchs: »Revolution bedeutet Leugnung menschlicher Gefühle. Wer das nicht kann, ist unser Feind.« Das hab' ich von Monsieur Qin. Das hat er mir gezeigt – und er hat gesagt: »Verzeih ihnen.« *Pause.* Zumindest Qin. Zumindest habt ihr dafür gesorgt, daß ich bei ihm lernen durfte. *Pause.* Mitten im Unterricht kam er darauf, ich glaub', das war … in Mathematik … Er strich mir über den Kopf und sagte: »Die Menschen ändern die Zeiten, und wenn die Zeiten anders werden, werden auch die Menschen anders sein.« *Pause.* Was ... was heißt das eigentlich? Das ist doch ... das macht doch gar keinen Sinn. Oder hat er es ... ich ... Moment ... *Pause.* Ich sag' dir, was Dao gesagt hat! Ich sag's dir sofort! Aber ich würde dich so gern vorher... Ich will dich doch sehen, Mamachen! *Pause.* Hmmm, hmmm ... was für kalte Finger du hast. Kalt und schwer, und warm sind sie auch. Mama? Mama, sind das überhaupt deine Hände? Mhm ... Vielleicht den Nacken. Und die Schläfen. Du kannst mir ... den Schweiß ... Hast du ein Taschentuch mitgebracht? Träumst du ... gerade ... *lacht leise* ... träumst du ein Taschentuch? *Seufzt genießerisch, dann viel ruhiger und freundlicher* Bei Dao, Mami, war alles anders. Sie standen spät auf, weißt du, sie saßen schon mittags in ihren Kneipen, sie tranken. Weißt du, wieviel sie tranken? Wußtet ihr, was in Gingxi los war? Papa muß es doch gewußt haben! *Pause.* Wußtet ihr, womit sie ihr Geld verdienten? *Pause.* Wußtet ihr ... daß sie einmal einen erstochen haben? Sie haben ihn aus Spaß erstochen, er war einer von ihnen. Sie haben einen ganzen Abend gegessen und getrunken und Karten mit ihm gespielt und dann haben sie ihn erstochen. Ich war dabei. Dein kleiner Junge war dabei, Mama, und als die Polizisten kamen, hat dein kleiner Junge gelogen wie ein ganz Großer ... *Pause.* Ich sag' dir die Wahrheit, Mama: Dao hat mich nicht angelogen! Das hab' ich mir ausgedacht, diesen Blödsinn mit dem um die Wette Tauchen und Luftanhalten und so. Er hat gesagt ... er hat angerufen aus London, und einen Brief bekam ich über Herrn Giung auch von ihm ... da hat er geschrieben, am schlimmsten wird es ganz zum Schluß, und wenn ich angekommen bin, muß ich mir genau überlegen, wie es weitergehen soll. »Sie lügen euch alle an«, hat er geschrieben, »so wie sie uns angelogen haben, und wenn ihr nicht selbst zu Wölfen werdet, fressen euch die Wölfe.« Verstehst du, Mama? *Pause.* Ich weiß … Ich weiß! Ich weiß, warum ihr mich weggeschickt habt … Es tut mir leid. Aber ich mußte mich doch entscheiden. Man muß sich immer entscheiden! Das habe ich bei Monsieur Qin gelernt. Zum Beispiel. Weißt du, ich hatte ihn einmal gefragt, warum er das mit sich machen läßt, warum er sich an seinem Stock durch den Staub und Schlamm von Siubang schleppt, statt in einem warmen Zimmer in seinem Institut zu sitzen, warum er nicht einfach ein bißchen bereut und so, ist doch egal. Und er hat darauf gesagt, wenn ich groß bin, werde ich verstehen, daß jeder Mensch sich irgendwann entscheidet. Man kann sich für Mut entscheiden oder für Feigheit, für Klugheit oder für Dummheit, für Glück oder Unglück. Jeder Mensch habe die Macht der Entscheidung, hat er gesagt, und dann hat er mir eine Stelle aus Xi Qenlins Westlich-Grünen Randnotizen zu lesen gegeben. Er hat gesagt, ich soll das lesen, obwohl ich es noch nicht verstehen werde, aber jedes Jahr, das ich älter werde, werde ich diese Geschichte etwas besser verstehen, diese Geschichte, die ein Traum ist. *Pause.* Hast du Geduld, Mama? Gut … Xi Qenlin erzählt, als Kind habe er Angst gehabt vor dem plötzlichen Wechsel von Licht und Dunkelheit … von Tag und Nacht, und noch unglücklicher machte ihn das plötzliche Kommen und plötzliche Gehen von Tieren, Pflanzen, Menschen. Einmal wollte er ein Huhn füttern, und als er sah, daß unter den Flügeln des Huhns zwei kleine Küken zitterten, die gerade geschlüpft waren, zog sich sein Herz vor Schmerz zusammen, und diesen Schmerz vergaß er nie mehr. Später, ja, später fand er im Garten einen Gegenstand, den er aufessen wollte wie ein Stückchen Pastete. Man lachte ihn aus und sagte ihm, das sei doch ein Stein. Auf diesem Stein standen die Worte »westlich« und »grün«, und er wurde gezwungen, sie zu lernen. So fing Xi Qenlin an zu lesen. Verstehst du? *Pause.* Wieso denn nicht? Wieso verstehst du das nicht? Bist du noch nicht ... *er lacht* ... erwachsen, Mama? Nein, ich hab' nichts ausgelassen. Es ist ... alles da. Anfang, Mitte, Ende! Ja! *Pause.* Hör zu! Bitte – hör zu! Ich habe im Lager meine Worte gelernt. Verstehst du?! Meine! Ich habe in Siubang lesen gelernt. In Gingxi mußte ich dann nichts mehr lernen. Dort hab' ich mich nur noch entschieden. Ich wollte nicht so unglücklich werden wie ihr. Ich wollte ... so glücklich sein wie Onkelchen Dao und seine verrückten Freunde, ich ... wollte klug sein und glücklich und mutig. Vor allem mutig – begreifst du das?

Pause

WANG Ja, Mama, sie haben uns hier vergessen. Ja, ja ja. Ja! Wie konnten sie uns hier vergessen? Weil sie so sind, wie sie sind. Und ich, Mama, ich wäre genauso geworden.

Pause

WANG Lu, Mama. Weißt du, wer das unter mir ist? Das ist Lu. Unter mir liegt ... Lu. Lu ist tot, Mama, und ich habe Lu verraten. Ich hab' alles gewußt. Er dachte, ich weiß nichts. Ich und Lings Freund, wir wußten es aber. Khai – so heißt er. Er liegt noch tiefer. Der hat es nicht so lang' durchgehalten. Was meinst du, wie lange halte ich noch durch? *Er spricht immer abgehackter, verwirrter.* Also gut, hörst du zu? Wir wußten, daß Lu in eine Falle gelockt wurde. Von seinem eigenen Bruder! Nein, ich weiß nicht, wie er heißt ... Und ich, ich ... ich hätte Lu retten können. Aber ich hatte mich entschieden! Ich hätte ihm sagen können, wie die Dinge wirklich stehen. Daß, naja ... Hätte ich ihm gesagt, daß es seinem Bruder so gut geht wie noch nie, daß er mit Dao gemeinsame Sache macht, dann hätte Lu niemals ... weißt du, er hätte einfach aussteigen können unterwegs, er hätte irgendwo aussteigen und nach Hause fahren können mit seinem ganzen Geld. Das Geld hat jetzt aber Khai. Er hat es ihm gestohlen. Das Geld, Mama, das liegt noch tiefer als Khai, es liegt unter Khai. Und die Engländer werden es finden und sie werden es behalten. Denn sie werden nicht wissen, wem es gehört ... Das Geld kommt aus Japan, Mama. Dort hat es Lus Bruder verdient. Jetzt ist es bald in England. Und vielleicht bleibt es für immer in England. Vielleicht. Wenn sie es in die Bank tun, meinst du, es bleibt dort? Hast du dir das schon mal überlegt? Geld ist nicht Geld. Nein, andersrum: Geld ist Geld ... Darum bleibt Khais Geld in der Bank, aber die Banknoten, die heute unter ihm liegen, wandern schon morgen in einem prächtigen Londoner Kaufhaus über den Ladentisch ... Lus Geld. Ich weiß.

Pause

WANG Ich mach' jetzt die Augen zu, ja? Vielleicht seh' ich dich dann besser. Warte! Warte, so ... So lege ich meinen Kopf hin, und du kannst mich weiterstreicheln. So ... Soll ich dich auch streicheln, Mama? Ich hab' dich schon lange nicht mehr gestreichelt, ich weiß. Das sagst du mir immer. Du sagst, früher, als kleiner Junge, hätte ich dich manchmal gestreichelt, ich hätte dabei deinen Kopf in meine Hände genommen und hätte dich ganz aus der Nähe angesehen, und dann hätte ich dich geküßt. Du hast gesagt, ich hätte dich immer auf den Mund küssen wollen. »Wie Papa, wie Papa!« hätte ich geschrien, wenn du dich gewehrt hast, ich hätte gebrüllt und getobt, und manchmal hast du nachgegeben, und das war dann auch nicht schlimm. Das war noch im Lager. Das ... muß noch im Lager gewesen sein! Laß mich überlegen. Ja ... Ja, genau. Wir lagen im großen Schlafsaal, mitten am Tag, die andern waren bei der Arbeit, aber du warst ... warst du krank? Ja, hm ... Und dann habe ich dich geküßt, und dann haben wir über später geredet – wie's sein wird, wenn wir rauskommen, wenn wir wieder nach Fujian zurückdürfen, nach Hause. Du hast gesagt »nach Hause«, und ich hab' gesagt: »Da war ich noch nie.

Ist das trotzdem zu Hause?« Und du hast gesagt, zu Hause sei man, wo man machen kann, was man will, wo man sich nicht hundertmal am Tag ängstlich umschauen muß, das würde ich dann schon merken, und weißt du … weißt du, das habe ich mir gemerkt … Wie alt war ich da? Sechs? Sieben? Kannst du dich daran erinnern? Nein? Nein? *Pause.* Ich mach' sie jetzt wirklich zu. Ehrlich. Schau mal, sie sind zu. Meine Augen – zu. *Pause; dann im gleichen kindlichen Tonfall wie am Anfang der Szene* Weißt du, was ich gerade mache? Willst du's wissen? Ich stell' mir etwas vor. Ich stell' mir etwas vor, was ich noch nie vorher gesehen hab'. Also … also kann ich es auch sehen! *Lacht* Stimmt's? Stimmt doch! *Pause.* Du mußt raten! Bitte … Nein. Falsch. Nein … Auch nicht. Neinneinnein … So ähnlich? Ach, ganz anders … *Pause.* Du gibst auf? Gut, du gibst auf … Es ist … Soll ich wirklich sagen? Aber, Mama … Mamachen … du darfst mich nicht auslachen. Es ist … *zögert* … die Freiheit. Sie ist groß und warm und überall, ich spüre sie in meinen Zehen, sie kribbelt auf meiner Kopfhaut, sie kriecht an meiner Brust hoch, sie ist dort, wo deine kalten Hände gerade noch waren. *Pause.* Hallo, Freiheit, spürst du mich? Hallo – hörst du mich? Ich weiß nicht, Freiheit, ob wir jemals zusammen sein werden, ich mein', ob wir uns streiten und vertragen und wieder streiten und wieder vertragen werden, wie zwei Liebende es tun, aber zumindest, Freiheit … Freiheit, Freiheit! … zumindest habe ich dich endlich einmal gesehen … Du bist schön. Du bist sehr schön! Du bist überall, aber eigentlich bist du unsichtbar, und wenn man dich … siehst du, siehst du! … wenn man nach dir greifen will, bist du gleich wieder weg. Das ist doch idiotisch, Freiheit! Oder ist es besonders klug von dir? *Pause.* Oder ist es so, weil es … so ist? Aha. Aha! Man ignoriert dich, wenn du da bist, man liebt dich, wenn du verschwunden bist? So siehst du das? Hm. Hmmm … *beginnt zu röcheln und zu*

stöhnen ... Hmmm ... Hmmmm! Ich ... bitte ... bitte ... Mama! Mamachen! Ist das noch ... was ... was ist das? Mein Traum? Oder ... dein Traum? Mhmm, mhmm ... Mhmm ... Checheche-chechechechecheche ... Checheche-checheche ... Komm, bitte. Bleib, bleib ... bleib!
Wang wird ohnmächtig. Kurz darauf hört man in der Nähe ein metallisches Rumpeln, Stimmen, Hundegebell. Jemand macht sich von außen an der Tür des Containers zu schaffen, gleichzeitig springt die Klimaanlage an. Plötzlich wird es am anderen Ende des Containers hell. Ein dünner Lichtstrahl kriecht über die Toten, der Strahl wird allmählich zu einem Lichtkranz, in dem nun, Engeln gleich, zwei englische Zollbeamte auftauchen. Sie halten sich Taschentücher vor die Nasen. Stumm und entsetzt kämpfen sie sich durch den Berg der halbnackten Leichen in Wangs Richtung. Wang ist allein. Er richtet den Kopf auf und läßt ihn wieder fallen. Dann hebt er den Arm und hält ihn zitternd hoch, bis sie bei ihm sind.

19. Szene

In Tang Meiwas Kanzlei in London. Bei ihm Dao und Wang, die beide die gleichen Anzüge – hellbraun oder schwarz mit Nadelstreifen – tragen, dazu einfarbige schmale Krawatten, Budapester-Schuhe. Ihre Garderobe wirkt ein bißchen billig; das Billige signalisiert zugleich Selbstbewußtsein und Rücksichtslosigkeit. Der Anwalt und seine Besucher rauchen. Das Gespräch stockt häufig. Zu Beginn sprechen sie eine Weile überhaupt nicht, sondern sitzen nur da und ziehen an ihren Zigaretten, aschen ab, drücken sie aus, stecken sich gleich wieder eine neue an.

DAO Sicher?
TANG Sicher.
DAO Also ganz sicher?
TANG Ja.
DAO Ja?
TANG Ja!
DAO Hmhm …
TANG Ich …
Pause
DAO Sicher! *Pause.* Es ist sicher, daß es total unsicher ist.
Pause
TANG Das kommt eben … *Pause.* Das kommt auf die Verhandlung an.
Pause
WANG Aber Zeugen …
TANG Trotzdem.
WANG Zeugen sind doch keine Angeklagten.
TANG In diesem Land nicht.
WANG Sehen Sie!
TANG Trotzdem …
DAO *zu Wang* Sei nicht dumm. Hörst du nicht, was der Herr Anwalt sagt?
WANG Er sagt »trotzdem«. Aber »vielleicht« hat er auch gesagt.
TANG Genau: trotzdem. Aber vielleicht …
WANG Hmm …
Längere Pause
TANG *zu Wang* Sie wären besser im Hotel geblieben.
DAO Er kann ja jederzeit wieder zurück … *zu Wang* Du kannst doch jederzeit zurück?
Wang zuckt mit den Schultern.
TANG Jederzeit bis morgen früh – 7 Uhr 15. Wenn sie ihn morgen früh abholen kommen, und er ist nicht da …
DAO Das sind noch … genau zwölf Stunden.

Längere Pause

TANG Für Ihre Freunde wollen Sie es nicht tun?

WANG Nein.

TANG Nein?

WANG Die können für mich auch nichts tun.

DAO Das stimmt ... Das ist richtig, Junge.

Pause

DAO Gut. Gut ... *räuspert sich* Gut, wie groß sind seine Chancen?

TANG In Prozenten?

WANG In Prozenten.

TANG Zehn Prozent.

DAO Zehn Prozent was? Gute zehn Prozent oder schlechte zehn Prozent?

TANG Wenn ich das wüßte.

Pause

DAO Das ist Ihr Ernst, Herr Anwalt?

TANG Das ist mein Ernst.

DAO *zu Wang* Das ist sein Ernst.

WANG Ich hab's gehört, Onkelchen ... Das ist sein Ernst.

TANG *Pause* Zehn Prozent, daß Wangs Zeugenschutzregelung auf unbestimmt verlängert wird. Zehn Prozent, daß sein Asylantrag anerkannt wird. Zehn Prozent, daß er einen neuen Namen bekommt. Zehn Prozent, daß eure Leute ihn trotzdem finden werden. Zehn Prozent, daß er keine Geschichte für sie hat, die sie überzeugt. Zehn Prozent, daß sie ihn auf der Stelle in Stücke hacken werden. Zehn Prozent, daß sie es erst später tun, in dem Wald, wo sie ihn hinterher vergraben ...

Pause

WANG Und wenn ich mich in Luft auflöse?

DAO Genau. Wenn er sich in Luft auflöst ...

TANG UND WANG *gleichzeitig* Zehn Prozent!

Pause

WANG *langsam* Zehn Prozent, daß, daß ... daß, ich immer auf der richtigen Seite stehe. Zehn Prozent, daß keiner schneller ist als ich ... Zehn Prozent, daß ich keine Gewissenbisse hab', daß ich prügeln und treten werde, wie ich soll ... und daß, daß ... daß ich nie wieder mit einem englischen Bullen reden muß ... *zu Dao* Zehn Prozent, daß mich mein Onkel nicht eines Tages verrät, weil sie ihn kriegen und er ausgewiesen werden soll. Zehn Prozent ... daß er es doch tut!

Dao, der mit Wang viel herzlicher und fürsorglicher ist als mit seinem Sohn Ling, sieht ihn ohne Zorn an. Im Gegenteil, er lächelt. Dann sieht er auf die Uhr.

DAO Es wird Zeit.

WANG Ja?

DAO Noch zwanzig Minuten. In zwanzig Minuten am Charing Cross.

TANG *zu Wang* Wenn Sie sich in Luft auflösen, sehen Sie Ihre Eltern nie wieder!

WANG Sie könnten doch ... als Touristen ...

TANG Als Touristen in einem Tomaten-LKW? Oder ... oder ... als Tomaten in einem Touristen-LKW?

DAO Wir besorgen ihnen Papiere. *Zu Wang* Mach dir keine Sorgen, das geht schon. Ich hab' mit Cao geredet. Wir besorgen ihnen Papiere.

WANG Ja.

DAO Du wirst sehen.

WANG Ja, ich weiß ...

TANG *zu Dao* Und warum haben Sie ihm keine Papiere besorgt? Warum hat man Ihnen keine Papiere besorgt?

DAO Entschuldigen Sie, Herr Anwalt ...

TANG Kommen Sie mir nicht wieder mit Ihrer asiatischen ...

DAO *gleichzeitig mit »asiatischen«* Entschuldigen Sie, das geht Sie nichts an.

Pause

TANG Nein?

DAO Nein ...

TANG Und wenn doch?

DAO *freundlich* Besser nicht. Nein – besser nicht.

Längere Pause

TANG *zu Wang* Gehen Sie ins Hotel zurück ... Glauben Sie mir, Wang. Das ist noch die beste von allen schlechten Möglichkeiten.

WANG Nein, ich kann nicht. *Pause.* Ich kann nicht ... *Pause; dann erregt* Ich kann nicht!

TANG Wir können für Sie ... wir können doch ... Ich red' mit dem Staatsanwalt. Wir setzen heut' nacht zwei Polizisten vor Ihre Zimmertür und zwei in die Lobby. *Pause.* Zwei sitzen sowieso schon draußen im Wagen.

WANG Die können Sie vergessen, die beiden.

TANG Ich ruf' sofort an.

DAO Und was sagen Sie? Sagen Sie, Sie brauchen noch mehr von diesen Pennern, die es nicht mal gemerkt haben, wie ihnen ihr Mann vor der Nase herumspazierte?

TANG Das tut mir leid. Wirklich. *Pause.* Wir besorgen bessere Leute.

DAO Gibt es ... bessere Leute bei der englischen Polizei?

TANG Ja. Ja.

Pause

WANG Haben Sie einen Polizisten für mich, Herr Meiwa, der sich in mein Bett legt? Haben Sie einen, der seine Hand auf meine Augen legt, wenn ich nicht schlafen kann?

DAO Junge ... Junge!

WANG *zu Tang* Meine Augen gehen nicht mehr zu ... Seit Wochen gehen sie nicht zu. So ... ja? Sehen Sie, Herr Anwalt? *Er beugt sich zu Tang vor und klimpert mit den Augenlidern.* So geht's. So ist das kein Problem. Aber jetzt ist es noch hell. Wenn es dunkel wird, ja ... wenn es dunkel wird … keine Chance. Ich mach' sie zu – und sie springen von selbst wieder auf. Zu – auf. Zu – auf. Zu – auf …

TANG Ja, das verstehe ich.

WANG Ja?

TANG Ja …

WANG Ich glaube Ihnen, daß Sie das verstehen.

TANG Gut. *Pause.* Aber … aber warum soll das anders werden, wenn Sie einer von denen werden?

Längere Pause

WANG *zu Tang* Und Sie? Wie war das bei Ihnen?

TANG Einfach. Viel zu einfach. *Pause.* Wir hatten … einmal im Jahr konnten zwei vom Ministerium …

WANG *gleichzeitig mit »Ministerium«* Ich hab' kurz gedacht, das wären welche von uns. Khai und Cheng. Oder Lu und Khai … Oder … Cheng … und Lu. Es waren ja nur zwei. Ich dachte, das sind sie. Nicht sie, sondern sowas … wie … ihre Seelen. *Pause.* Ich dachte, warum gehen sie rein und nicht raus? Und dann dachte ich, sie holen mich raus. Ich dachte, zumindest zwei von uns haben es also geschafft. Aber dann dachte ich wieder, zwei haben es nicht geschafft. Die zwei, die da kommen, die kommen von drüben. *Pause.* Ist das nicht lächerlich?

DAO Ja, Junge.

TANG Nein, das ist überhaupt nicht lächerlich.

WANG Doch. Ich hab' Engel gesehen. Verstehen Sie? Es gibt keine Engel.

TANG Nein. Aber vielleicht werden Sie bald wieder welche sehen.

WANG Ja …

TANG *seufzt* Ja, genau.

WANG Ja. Aber es ist mein Risiko. Das ist mein … Risiko. *Pause.* Ich hab' mich …

TANG … entschieden?

WANG Genau.

Längere Pause

DAO Wir müssen jetzt gehen. *Sieht auf die Uhr.* Die werden nicht warten.

WANG Ja. Wir müssen. *Pause; dann zu Tang* Es tut mir leid.

TANG Mir tut es leid.

WANG Nicht so wie mir.

TANG Nein, nicht so …

Sie schweigen und rauchen noch minutenlang.

20. Szene

Lastwagen von außen. Er steht zwischen anderen LKW am Zoll von Dover in der brütenden Sonne. Weit und breit keine Menschenseele. Unser LKW ist weiß und trägt die Aufschrift: »Reiziger Spedition Rotterdam«. Wir hören ein leises Klopfen aus dem Inneren des Containers, das allmählich lauter und verzweifelter wird. Dazu kommen Rufe um Hilfe. Auch sie werden lauter, sie klingen immer viehiescher, unmenschlicher. Irgendwann verstummen alle Geräusche wieder, eins nach dem andern. Schließlich ist es totenstill. Als die Stille kaum noch auszuhalten ist, setzt aus dem Off ›Revolution‹ von den Beatles ein.

Maxim Biller im dtv

»... begrüßen wir einen möglichen
Geistesenkel Tucholskys!«
Süddeutsche Zeitung

Die Tempojahre
dtv 11427
Eine rasante Chronik der achtziger Jahre. – »Biller liebt nicht den leichten Degen, er bevorzugt den Säbel.« (Der Standard)

Wenn ich einmal reich und tot bin
dtv 11624
»Ich habe seit den Nachkriegsromanen von Wolfgang Koeppen, seit Bölls früher Prosa, seit einigen Essays von Hannah Arendt, Adorno, Mitscherlich und Hans Magnus Enzensberger kaum etwas gelesen, das dem Blendzahn der Zeit so wahr und diesmal so witzig an den Nerv gegangen wäre ... Was für ein Buch!« (Peter von Becker, ›Süddeutsche Zeitung‹)

Land der Väter und Verräter
dtv 12356
Poetisch und mitreißend, komisch und ernst erzählt Maxim Biller von der Zeit, in der wir leben.

Deutschbuch
dtv 12886
Deutschland, peinlich Vaterland ... Man muß Maxim Biller dankbar dafür sein, daß er diesem Land so beharrlich den Spiegel vorhält. Reportagen und Kolumnen von den kleinen und großen Dummheiten der neunziger Jahre.

Kühltransport
Ein Drama
dtv 12920
Seidenstraße des Todes: ein menschliches Drama vom grausamen Erstickungstod einer Gruppe illegaler Einwanderer aus China – gestorben auf dem Weg in eine »bessere Welt«.

Die Tochter
Roman · dtv 12933
Maxim Billers erster großer Roman über Motti Wind, einen jungen Israeli, der versucht, in Deutschland heimisch zu werden. »Ein Roman wie von Dostojewski.« (Hannes Stein, ›Die Welt‹)

Aleksandar Tišma im dtv

»Tišma sieht, zeigt und erzählt wie einer, der alles über den Menschen zu wissen scheint.«
Ursula März in der ›Frankfurter Rundschau‹

Der Gebrauch des Menschen
Roman · dtv 11958
Bis zum Zweiten Weltkrieg kommen die Menschen in Novi Sad relativ friedlich miteinander aus – Serben, Ungarn, die deutschsprachigen »Schwaben« und Juden. Durch Krieg, Terror und Unmenschlichkeit wird die Stadt aus ihren Träumen gerissen.

Die Schule der Gottlosigkeit
Erzählungen · dtv 12138
In Extremsituationen zeigt sich die Natur des Menschen unverhüllt: In den vier vorliegenden Geschichten aus dem Krieg geht es um Menschen am Rande des Abgrunds.

Das Buch Blam
Roman · dtv 12340
Novi Sad nach dem Zweiten Weltkrieg. Blam durchwandert die bekannten Wege und Straßen seiner Heimatstadt als aufmerksamer, melancholischer Betrachter.

Die wir lieben
dtv 12623
Ein Buch über die Prostituierten in Tišmas Heimatstadt und das Geschäft mit der Liebe.

Kapo
Roman · dtv 12706
»Aleksandar Tišmas Roman ›Kapo‹ ist ein ebenso großartiges wie irritierendes Psychogramm eines älteren Juden, der als junger Todeskandidat ins KZ gekommen war und als Handlanger der Mörder überlebte ... ein meisterhaftes Stück Literatur.« (Thomas Grob im ›Tages-Anzeiger‹)

Treue und Verrat
Roman · dtv 12862
Sergije Rudić ist ein Ruheloser. Während des Krieges war er im Widerstand, saß im Gefängnis, seine Geliebte wurde erschossen. Die Erfahrung, daß Treue und Verrat eng zusammengehören, bestimmt sein Leben auch nach dem Krieg.

Isaac B. Singer im dtv

»Ohne Leidenschaft gibt es keine Literatur.«
Isaac B. Singer

Feinde, die Geschichte einer Liebe
Roman · dtv 1216

Das Landgut
Roman · dtv 1642
Kalman Jacobi, ein frommer Jude, pachtet 1863 ein Landgut in Polen und gerät mit seiner Familie in den Sog der neuen Zeit.

Das Erbe
Roman · dtv 10132
Kalman Jacobis Familie im Wirbel der politischen und sozialen Veränderungen der Jahrhundertwende.

Verloren in Amerika
Vom Schtetl in die Neue Welt
dtv 10395

Die Familie Moschkat
Roman · dtv 10650

Old Love
Geschichten von der Liebe
dtv 10851

Der Kabbalist vom East Broadway
Geschichten
dtv 11549

Der Tod des Methusalem
und andere Geschichten vom Glück und Unglück der Menschen
dtv 12312

Schoscha
Roman · dtv 12422
Eine Liebesgeschichte aus dem Warschau der dreißiger Jahre.

Meschugge
Roman · dtv 12522
Zwei Freunde und ihrer beider Geliebte in New York – Zufluchtsort vieler europäischer Juden.

Das Visum
Roman · dtv 12738

Der König der Felder
Roman · dtv 12814
Mythenartig und humorvoll erzählt Singer von der Entstehung des polnischen Volkes.

Eine Kindheit in Warschau
dtv 12815

Ein Tag des Glücks
und andere Geschichten von der Liebe
dtv 12820

Marcel Reich-Ranicki im dtv

»Man hat mir früher vorgeworfen, ich sei ein Schulmeister. Man wirft mir heute vor, ich sei ein Entertainer. Beides zusammen ist genau das, was ich sein will.«
Marcel Reich-Ranicki

Entgegnung
Zur deutschen Literatur der siebziger Jahre
dtv 10018

Deutsche Literatur in West und Ost
dtv 10414

Nachprüfung
Aufsätze über deutsche Schriftsteller von gestern
dtv 11211

Literatur der kleinen Schritte
Deutsche Schriftsteller in den sechziger Jahren
dtv 11464

Lauter Verrisse
dtv 11578
Mit jeder seiner Rezensionen – und seien sie noch so scharf – beweist Marcel Reich-Ranicki seine Liebe zur Literatur.

Lauter Lobreden
dtv 11618
Anhand von zwanzig deutschen Autoren zeigt Reich-Ranicki hier, wie gut er (auch) zu loben versteht.

Über Ruhestörer
Juden in der deutschen Literatur
dtv 11677

Ohne Rabatt
Über Literatur aus der DDR · dtv 11744

Mehr als ein Dichter
Über Heinrich Böll
dtv 11907

Die Anwälte der Literatur
dtv 12185
»Von allen meinen literaturkritischen Büchern ist mir dieses das liebste.«
Marcel Reich-Ranicki

Meine Schulzeit im Dritten Reich
Erinnerungen deutscher Schriftsteller
dtv 12365

Über Hilde Spiel
Reden und Aufsätze
dtv 12530
Eine ehrfürchtige Verneigung vor der »Grande Dame der deutschsprachigen Literatur«.

Marcel Reich-Ranicki im dtv

Der Fall Heine
dtv 12774
Eine leidenschaftliche Annäherung an den Fall Heine – ein »Bekenntnis« in fünf Essays.

Mein Leben
dtv 12830
»Dieses Buch gehört zu den großen Geschichtserzählungen unseres Jahrhunderts.«
Peter von Becker im ›Tagesspiegel‹
»Es ergreift durch die tonlose Stille des Entsetzens, durch subtile Andeutungen, polemisches Verschweigen, durch Lakonik und Zärtlichkeit ... Nur herzlose Leser werden sich diesem Drama in Prosa entziehen können.«
Mathias Schreiber und Rainer Traub im ›Spiegel‹
»Reich-Ranicki hat eine der schönsten Liebesgeschichten dieses Jahrhunderts geschrieben.«
Frank Schirrmacher in der ›Frankfurter Allgemeinen Zeitung‹

Über Marcel Reich-Ranicki

Jens Jessen (Hrsg.)
Über Marcel Reich-Ranicki
Aufsätze und Kommentare
dtv 10415

Peter Wapnewski (Hrsg.)
Betrifft Literatur
Über Marcel Reich-Ranicki
dtv 12016

Volker Hage, Mathias Schreiber
Marcel Reich-Ranicki
Ein biographisches Porträt
dtv 12426

Hubert Spiegel (Hrsg.)
Was für ein Leben
Marcel Reich-Ranickis Erinnerungen
Kritiken, Stimmen, Dokumente
dtv 30807

Ruth Klüger im dtv

»Jeder Tag ist wie ein Tor, das sich hinter mir schließt und mich ausstößt.«
Ruth Klüger

weiter leben
Eine Jugend
dtv 11950

»Mir ist keine vergleichbare Biographie bekannt, in der mit solcher kritischen Offenheit und mit einer dichterisch zu nennenden Subtilität auch die Nuancen extremer Gefühle vergegenwärtigt werden.« (Paul Michael Lützeler in der ›Neuen Zürcher Zeitung‹)

Frauen lesen anders
Essays · dtv 12276

Frauen lesen anders als Männer, weil sie anders leben. Daher kann der weibliche Blick, in der Literatur wie im Leben, manches entdecken, woran der männliche vorübersieht. Ruth Klüger beweist dies in elf ebenso ungewöhnlichen wie klugen Essays. Deutsche Literatur in anderer Beleuchtung.

Katastrophen
Essays · dtv 12364

»Ein sehr empfehlenswertes Buch, es sollte, muß aber nicht, im Anschluß an ›weiter leben‹ gelesen werden, und es spricht nicht nur zu den Fachwissenschaftlern, sondern zu allen, die, und vollkommen zu Recht, von der Literatur Aufschluß über die Katastrophen der Gegenwart erhoffen.« (Burkhard Spinnen in der ›Frankfurter Allgemeinen Zeitung‹)

»Ruth Klüger stellt ganz einfach andere Fragen an Texte, eine Methode, die zu ebenso plausiblen wie spannenden Antworten führt, manchmal auch zu süffisant amüsanten.«
Barbara von Becker in der ›Süddeutschen Zeitung‹

Angelika Schrobsdorff im dtv

»Die Schrobsdorff hat ihr Leben lang nur wahre Sätze geschrieben.«
Johannes Mario Simmel

Die Reise nach Sofia
dtv 10539
Sofia und Paris – ein Bild zweier Welten: Beobachtungen über Konsum und Liebe, Freiheit und Glück in Ost und West.

Die Herren
Roman
dtv 10894
Ein psychologisch-erotischer Roman, dessen Erstveröffentlichung 1961 als skandalös empfunden wurde.

Jerusalem war immer eine schwere Adresse
dtv 11442
Ein Bericht über den Aufstand der Palästinenser, ein sehr persönliches, menschliches Zeugnis für Versöhnung und Toleranz.

Der Geliebte
Roman
dtv 11546

Der schöne Mann und andere Erzählungen
dtv 11637

Die kurze Stunde zwischen Tag und Nacht
Roman · dtv 11697

»Du bist nicht so wie andre Mütter«
Die Geschichte einer leidenschaftlichen Frau
dtv 11916

Spuren
Roman · dtv 11951
Ein Tag aus dem Leben einer jungen Frau, die mit ihrem achtjährigen Sohn in München lebt.

Jericho
Eine Liebesgeschichte
dtv 12317 und
dtv großdruck 25156

Grandhotel Bulgaria
Heimkehr in die Vergangenheit
dtv 24115
Eine Reise nach Sofia heute.

Von der Erinnerung geweckt
dtv 24153
Ein Leben in fünfzehn Geschichten.